Eckhard Herrmann

Das große Buch der Bibelreime

Die Heilige Schrift in Versen

Für meine Enkelkinder

ECKHARD HERRMANN

Das große Buch der Bibelreime

Die Heilige Schrift in Versen

benno

Bibliografische Information der Deutschen Nationalbibliothek
Die Deutsche Nationalbibliothek verzeichnet diese Publikation in der Deutschen Nationalbibliografie; detaillierte bibliografische Informationen sind im Internet über http://dnb.d-nb.de abrufbar.

Besuchen Sie uns im Internet:
www.st-benno.de

Gern informieren wir Sie unverbindlich und aktuell auch in unserem Newsletter zum Verlagsprogramm, zu Neuerscheinungen und Aktionen. Einfach anmelden unter www.vivat.de.

ISBN 978-3-7462-6316-8

Umschlaggestaltung: Ulrike Vetter, Leipzig
Umschlagillustration: © annanizami/shutterstock.com
Gesamtherstellung: Kontext, Dresden (A)

Inhalt

Vorwort

Vor vielen Jahren – noch während meines Studiums – begegnete ich erstmals biblischen Geschichten in Reimform. Ein Theologieprofessor aus Jena hatte sie für seine Patenkinder verfasst. Mit einem Augenzwinkern und einer Prise Humor.
Ich war begeistert. So hatte ich die Bibel noch nie gelesen.

Nach vier Jahrzehnten im Dienst als Gemeindepfarrer und der damit verbundenen intensiven Beschäftigung mit der Bibel habe ich nun selbst den Versuch unternommen, eine Reihe von Geschichten aus dem „Buch der Bücher" in Gedichtform neu zu erzählen.

Die Hinweise auf die Bibelstellen mögen dazu einladen, sich die Texte auch im Original anzuschauen und dabei Bekanntes und weniger Bekanntes wieder oder neu zu entdecken.

Mein Dank gilt dem St. Benno Verlag und seinen Mitarbeitenden, die das Buch in ihr Programm aufgenommen und mich mit manch gutem Rat begleitet haben.

Allen Leserinnen und Lesern wünsche ich bei der Lektüre viel Freude und gute Unterhaltung.

Kaufbeuren, im Herbst 2022

Eckhard Herrmann

Ein besonderes Buch

Die Bibel ist von alters her
ein dickes Buch und auch recht schwer.
Sprüche, Psalmen, fromme Lieder,
auch Gebote hin und wieder,
Briefe und Apostellehre,
die Evangelien – Gott zur Ehre,
geschrieben schon vor langer Zeit
und viel gelesen, auch noch heut'.
Nicht immer einfach zu verstehen,
deshalb wird, ihr werdet's sehen,
damit man sich's gut merken kann,
die Bibel – fangen wir gleich an –
jetzt als Gedicht in Form gebracht.
Hört gut zu und habet acht!

Immer wieder kommt es vor,
dass ein Dichter mit Humor,
wenn er einen Satz beendet,
dafür einen Reim verwendet.
Auch in der Bibel – eher versteckt –
hat man solches schon entdeckt.
Dass dies uns oft verborgen blieb,
liegt dran, dass in Hebräisch schrieb
oder Griechisch, je nach Zeit,
der Dichter, dessen Worte heut,
von Luther einst an vielen Tagen
in unsre Sprache übertragen,
von jedem Mann und Frau und Kind
bestens zu verstehen sind.

Zwei dicke Bücher warn's am End,
wir nennen beide „Testament“.
Das erste alt und neu das zweite,
voll von Geschichten über Leute,
die uns Bericht und Beispiel geben,
wie sie von Gott geführt durchs Leben.

Das Alte Testament

Am Anfang

1. Mose 1,1 – 2,4

Einst war nur Finsternis gewesen.
So kann man's gleich am Anfang lesen.
Nichts zu erkennen weit und breit,
sodass Gott sprach: „Jetzt wird es Zeit.
Licht muss her. Ich kann nichts seh'n!"
Und er ließ die Sonn' aufgeh'n
für den Tag. – Und für die Nacht
hat Mond und Sterne Gott gemacht.
Die leuchteten am Himmelszelt
und machten hell die ganze Welt.
Zufrieden, als der Tag verklungen,
sprach Gott: „Das ist mir gut gelungen."

Als Nächstes trennte mit Verstand
Gott das Wasser von dem Land.

Doch das Land war öd und leer
und auch das Wasser, Fluss und Meer.
Keine Regung, nichts war los.
Gott fragte sich: „Was mach ich bloß?"
Er pflanzte einen bunten Garten.
Bäume, Blumen – viele Arten.
Hat auch Gemüse, gut zu essen,
und feine Früchte nicht vergessen.

Und schuf die Tiere ohne Zahl,
den Wurm und auch den großen Wal,
die Schlange und den stolzen Löwen,
den Esel und die flinken Möwen,
das Krokodil mit scharfen Zähnen,
dazu auch Kröten und Hyänen,
die Bären und den Kakadu.

Luft, Land und Wasser war'n im Nu
nicht mehr öd und nicht mehr leer.
Gott freute sich darüber sehr.

Jetzt fehlte nur der Mensch dabei.
Gott dachte sich: „Ich mach gleich zwei.
Die soll'n sich achten, lieben, ehren
und sich möglichst rasch vermehren,
die Erde pflegen und bebauen
und auch nach den Tieren schauen."

Und als das ganze Werk vollbracht,
hat eine Pause Gott gemacht.
Sechs Tage musste er was tun.
Am siebten wollte er nun ruh'n.

Das Paradies

1. Mose 2,5 – 3,24

Der erste Mensch auf dieser Welt
hieß Adam und er ward gestellt
in einen Garten, voller Pracht,
von Gott, dem Schöpfer, selbst gemacht.
Sein Name: Eden. Wunderschön.
Hier gab es allerhand zu seh'n.
Alles hat es hier gegeben.
Nichts hat gefehlt. Hier ließ sich's leben.

Eva war das erste Weib,
dem Mann geschnitten aus dem Leib,
weshalb sie – bis auf Kleinigkeiten –,
dieses kann man nicht bestreiten,
sich ähnlich waren an Gestalt.

Nackt, wie sie waren, sah'n sie's bald;
doch weil es beide peinlich fanden,
sie Blätter um die Hüften banden,
grün und dicht und extragroß.
Fortan sie waren nicht mehr bloß.

Eden war ein Paradies.
Erlaubt war alles. Nur nicht dies:
„*Einen* Baum, den müsst ihr meiden,
denn tut ihr's nicht, so müsst ihr leiden."

Kaum hatte Gott dies Wort verkündet,
ward ihre Neugier schon entzündet.

Geschickt verführt von einer Schlange
dauerte es gar nicht lange,
dass sie in einen Apfel bissen,
den sie von diesem Baume rissen.
Und im Nu, sie merkten's schnelle,
waren sie im Kopf ganz helle.
Fortan wollten diese beiden
was gut und schlecht ist selbst entscheiden.

Doch Gott, dem Herrn, missfiel ihr Treiben.
Deshalb durften sie nicht bleiben.
Bei Wind und Wetter, Schnee und Regen
galt es jetzt, das Land zu pflegen,
schwere Arbeit ohne Rast,
das Erdenleben ward zur Last.

Das Paradies war fern und weit.
So ist's geblieben allezeit.

Unter Brüdern

1. Mose 4,1–16

Eva bald gebar ein Kind.
Ein zweites folgte recht geschwind.
Kain ward der erste Sohn genannt.
Der zweit' als Abel ist bekannt.
Kain pflegte Ackerland und Feld,
Schafzucht, das war Abels Welt.

Eines Tages kam's so weit,
dass die beiden hatten Streit,
wer seine Arbeit besser machte
und wen Gott deshalb höher achte.
Vor Wut griff Kain nach einem Stein
und schlug damit auf Abel ein
so fest er konnte, immer wieder.
Schließlich sank der Bruder nieder
und war tot.

Ach, welche Not
und welcher Schrecken!
Kain wollte sich sogleich verstecken.
So war das Ganze nicht gedacht.
Was hatte er da bloß gemacht?

Doch Gott auf seinem Himmelsthron
hatte längst entdeckt ihn schon.
„Kain, was hast du da getan?“,
fuhr er den Brudermörder an.
„Wie nur konntest du es wagen,
Abel einfach zu erschlagen?“

Zur Strafe sollte nun für Kain
das Leben voller Mühen sein.
Was einst mit leichter Hand geschafft –
jetzt kostete es sehr viel Kraft.
Kaum Regen und viel Sonnenschein,
der Boden hart und voll Gestein,
von der Früh bis spät am Tag
Arbeit ohne viel Ertrag.

Die Last war schwer nur zu ertragen.
Nicht selten hörte Kain man klagen,
er würde bald zusammenbrechen.

Darauf gab Gott ihm das Versprechen,
dass er vor Schaden ihn bewahre
und beschütze viele Jahre.

So konnte Kain in Frieden leben.
Gott hatte ihm die Schuld vergeben.

Der große Regen

1. Mose 6,5 – 9,17

Vor langer Zeit ist es gewesen,
so kann man's in der Bibel lesen,
dass die Menschen vieles machten,
womit sie Gottes Zorn entfachten.

Alle hatten bloß im Auge,
was für sie am besten tauge.
Jeder hat nur zugesehen,
so gut wie möglich dazustehen.
Der eine stahl, ein andrer log,
der Nächste fälschte und betrog;
auch versuchte man mit Waffen
sich einen Vorteil zu verschaffen.
Es ward gesündigt Mal für Mal.
Und Gott? – Der war dem Volk egal.
Sie lachten über ihn voll Hohn.
„Der ist weit weg. Was will der schon?"

Gott war entsetzt bei diesem Treiben.
Er sagte sich: „So kann's nicht bleiben.
Ich muss, auch wenn es schwer mir fällt,
ein Zeichen setzen in der Welt.
Das Böse muss ein Ende finden
und ein für alle Mal verschwinden.
Ich werde über alle richten,
die schuldig sind, und sie vernichten."

Doch eh Gott eine Straf' ersann,
dachte er an einen Mann,
der keine Schuld nie auf sich lud.
Er war zu allen Menschen gut.
Dafür wollt' ihn Gott belohnen
und ihn beim Gericht verschonen.

Noah war's, ein frommer Knecht.
„Hör zu", sprach Gott, „ich schaffe Recht
und Ordnung wieder auf der Welt;
gar bald ein großer Regen fällt,
der erst ein Ende finden wird,
wenn alle Bosheit ausradiert."

Noah sollt' in kurzer Zeit
eine Arche bau'n, recht breit
und lang, so dass am Ende
man viel Platz darinnen fände;
dann viel zum Essen laden ein
und von allen Tieren zwein.

Der Elefant und auch das Gnu,
die Möwe und der Kakadu,
die Taube und die Stubenfliege,
der Schmetterling und auch die Ziege,
die Spinne und die Wüstenmaus,
der Schimpanse und der Strauß,
die Katze und der Nasenbär,
die Klapperschlange und noch mehr –
alle Tiere, pärchenweise,
nahm Noah mit auf seine Reise.

Als alle in des Schiffes Bauch,
Noahs Frau und Kinder auch,
hat Noah alles abgeschlossen.

Und bald schon hat es auch gegossen.
Viele Nächte, viele Tage
dauerte die ganze Plage.
Berge, Täler, Land und Feld –
unter Wasser stand die Welt.
Noahs Arche ausgenommen,
konnt' niemand Gottes Straf' entkommen.

Dann blies Gott mit einem Wind
das Wasser wieder fort geschwind.
Die Wiesen wurden wieder grün,
Blumen fingen an zu blühn,
Obst hing reif an Baum und Strauch,
auf Feldern wuchs Getreide auch.
Kurzum: Das Leben – welch ein Glück! –
kehrte wieder jetzt zurück.

Auch Noah blieb das nicht verborgen.
Eines Tages, früh am Morgen,
zu sehen, wie die Lage sei,
ließ er eine Taube frei.
Sie flog davon … und sie flog weit.
Da wusste Noah: „Es ist Zeit.
Gottes Strafgericht ist aus.
Wir dürfen aus der Arche raus."

Als alle dann nach vielen Stunden
aus Noahs Schiff herausgefunden,
sagte Noah – tief gerührt:
„Gott, du hast sicher uns geführt
durch diese lange Zeit der Not
und hast bewahrt uns vor dem Tod.
Ich danke dir für alles Leben,
das du aus Gnade uns gegeben.“

Gott sagte: „Heilig ist die Erde,
drum verspreche ich: Ich werde
künftig – bis in Ewigkeit –
mit Güte und Barmherzigkeit
das, was ich selbst geschaffen hab’
und dem ich einst das Leben gab,
erhalten und ihm Schutz gewähren.
Mensch und Tiere soll’n sich mehren,
fromm und frei und glücklich sein
und wissen: Ich, der Herr, allein,
begleite sie auf allen Wegen
mit Liebe und mit meinem Segen.“

Dann ließ am Himmel Gott entstehen
einen Bogen, weit zu sehen,
in vielen Farben, hell und klar.

Von nun an dies das Zeichen war,
dass Gott die Erde allezeit
beschützen wird. So ist’s bis heut’.

Ein Turm wird gebaut

1. Mose 11,1–9

Die Menschen hatten einen Plan.
„Wir fangen jetzt zu bauen an.
Viele Häuser, schmuck und schön,
so wird hier eine Stadt entsteh'n,
Babel wollen wir sie nennen.
Bald wird jedermann uns kennen."

Ein Turm, der höchste auf der Welt,
höher als das Himmelszelt,
sollte, weithin gut zu sehen,
schließlich in der Mitte stehen.

„Die Stadt wird groß sein und sehr prächtig.
Und wir sind wie Gott. Sehr mächtig.
Niemand wird uns überragen."
So hörte man die Menschen sagen.

Gott war darüber sehr erbost.
„Ja, sind die Menschen noch bei Trost?
Mir gleich sein wollen. Welch Begehren!
Dagegen werde ich mich wehren."

Der Turm wuchs höher Stück für Stück.
Die Menschen wähnten sich im Glück.
„Bald haben wir erreicht das Ziel.
Ein bisschen noch. Es fehlt nicht viel."

Doch plötzlich Gott am Turme rüttelt.
Die Menschen werden durchgeschüttelt.
Da fallen ihnen, welche Pein,
nicht mehr die richt'gen Worte ein.
Ja, wenn ein Mensch zum andern spricht,
dann versteht ihn dieser nicht.

Sie wollten groß wie Gott einst sein.
Jetzt fühlten sie sich winzig klein.
Keine Spur von Ruhm und Macht.
Gott hatte sie zu Fall gebracht.

Nun zog allein ein jeder fort.
Weit, weit weg von diesem Ort.
Jeder in ein andres Land,
wo er ein Zuhause fand.
Über alle Welt verstreut.

Doch niemand wollte je erneut
sich mit Gottes Größe messen.
Niemand sollte je vergessen,
dass kein Geschöpf auf dieser Erden
so groß wie Gott, der Herr, kann werden.

Ein himmlischer Traum

1. Mose 28,10–22

Haran war das Reiseziel
für Jakob, weil es Gott gefiel,
ihn an diesen Ort zu führen.

Des Abends konnte Jakob spüren
auf einmal große Müdigkeit;
denn der Weg war lang und weit.

„Hier bleibe ich. Hier ist gut sein",
sprach Jakob und nahm einen Stein,
bei dem er legte sich zur Ruh'.
Bald fielen ihm die Augen zu.

Er war eingeschlafen kaum,
da sah er schon in einem Traum
eine Leiter – aufgestellt
vom Boden bis zum Himmelszelt,
auf der – er konnt' es deutlich sehen –
Engel rauf- und runtergehen.

Und Jakob, so als wär' er wach,
hörte, wie Gott zu ihm sprach:
„Ich bin der Herr und will dir geben
und allen, die noch nach dir leben,
das Land, auf dem in diesen Stunden
du festen Schlaf und Ruh' gefunden.

Und die dir folgen, soll'n auf Erden –
weithin ausgebreitet werden
nach Ost und West, nach Süd und Nord
und soll'n bestehen immerfort.
Wo sie auch sind, auf allen Wegen,
begleit' ich sie mit meinem Segen."

Als Jakob früh nach dieser Nacht
von seinem Schlafe aufgewacht,
sprach er: „Ein Wunder ist geschehen,
denn ich habe Gott gesehen.
Er wohnt an dieser Stätte hier.
Hier ist sein Haus, des Himmels Tür."

Dann richtete den Stein er auf,
goss zum Segen Öl darauf
und nannte Bethel diesen Ort.

„An dieser Stelle soll hinfort
– nach allem, was heut' Nacht geschehen –
ein Haus allein für Gott entstehen",
sprach Jakob. Und dann zog er weiter.
Er wusste: „Gott ist mein Begleiter."

Josef und seine Brüder

1. Mose 37 – 50

Als seinen elften von zwölf Söhnen
ließ Jakob Josef sehr verwöhnen.
Den Brüdern war's im Aug' ein Dorn
und manchmal glühten sie vor Zorn.
„Ihm geht's gut und uns geht's schlecht.
Vater, du bist ungerecht!"

Josef spürte zwar den Neid,
doch stört's ihn kaum, und mit der Zeit
fand er gar nichts mehr dabei,
dass er so oft bevorzugt sei.

„Ach hätte ich doch alle Macht",
hat er im Traum sich dann gedacht.
„Vater, Mutter, Brüder – alle
müssten mir in diesem Falle
dienen und gehorsam sein.
Ich wär' der Herr. Ich ganz allein."

Die Brüder, als sie dies vernommen,
haben's mit der Angst bekommen.
„Hat Josef erst mal wahr gemacht,
was er sich da hat ausgedacht,
dann wird es uns noch schlechter gehen.
Das darf auf keinen Fall geschehen.
So, wie es ist, so darf's nicht bleiben.
Wir müssen Josef rasch vertreiben."

Die Brüder hatten anfangs vor,
in der Zisterne vor dem Tor
Josef einfach zu versenken
und ihn dadurch zu ertränken.

Doch noch ehe sie's getan,
kam eine Karawane an.
Und statt Josef zu ermorden,
war flugs man einig sich geworden
mit den Leuten, die den Knaben
gekauft und mitgenommen haben.

Daheim dem Vater ward erzählt,
ein Tier hätt' Josef so gequält,
dass er davon gestorben wär.
Der Vater trauerte gar sehr.

Tatsächlich aber Josef fand
Arbeit in Ägyptenland,
wo er im Haus des Potifar
seinem Herrn zu Diensten war.

Er war geschätzt bei jedermann,
bis Potifars Gemahlin dann
ihn als Geliebten hat begehrt.
Doch Josef hat sich stets gewehrt.

Enttäuscht sagt sie und auch aus Rache,
dass er Schlimmes mit ihr mache,
und hat ihn vor Gericht gebracht,
wo ihm der Prozess gemacht.

Der Richter ließ – zu Josefs Schrecken –
diesen ins Gefängnis stecken.

Weil Josef – obzwar fern der Welt
und eingesperrt – sich gut verhält,
vertraut man ihm und kann es wagen,
ihm ein Amt zu übertragen,
das ihm Möglichkeiten gibt,
frei zu tun, was ihm beliebt.

Mit Gottes Hilfe kann er Leuten,
die auch gefangen, Träume deuten.

Das macht ihn schnell bekannt und so
ruft ihn schon bald der Pharao,
der auch von einem Traum geplagt,
dass Josef dessen Sinn ihm sagt.
Der Pharao sah vierzehn Kühe.
Das zu verstehen macht ihm Mühe.
Sieben waren dick und satt,
die andern sieben dünn und matt.

Erneut stand Josef Gott zu Seite,
dass er dem Träumer dieses deute:
„Sieben Jahre wird es geben,
da kann im Überflusse leben
jeder, doch dann kommt die Not,
die auch für sieben Jahre droht."

Josef kriegt dafür als Lohn
bei Hofe eine Position,
die Anseh'n ihm und Einfluss schenkt,
auf dass mit Macht das Land er lenkt

durch die guten und die harten
Jahre, die das Volk erwarten.

Als in den ersten sieben Jahren
die Ernten gut und reichlich waren,
ließ Josef das Getreide horten
im ganzen Land an sich'ren Orten.

Dann, wie von Josef prophezeit,
war es für das Volk so weit:
Auf den Feldern wuchs nichts mehr.

Doch die Speicher war'n nicht leer.
Denn – angehäuft zur rechten Zeit –
stand ein Vorrat nun bereit.

Selbst aus so manchem Nachbarland
wurden Boten ausgesandt,
für Geld Getreide zu erwerben,
bevor zu Haus' die Menschen sterben.

Die Not war überall sehr groß.
Auch Josefs Brüder zogen los.
Nur der jüngste war zu klein.
Er blieb beim Vater. Ganz allein.
Sie hofften sehr, es würd' gelingen,
Getreide mit nach Haus zu bringen.

In Ägypten angekommen,
ward Kontakt gleich aufgenommen
mit dem, dem es war vorbehalten,
das Getreide zu verwalten.

Als Josef nun vor ihnen stand,
haben sie ihn nicht erkannt.
Der jedoch war sich im Klaren,
dass es seine Brüder waren,
doch behielt er seinen Namen
für sich, als diese zu ihm kamen.

Den Brüdern war daran gelegen,
ihn zum Handel zu bewegen.

Dazu war Josef nicht bereit.
„Doch gibt's noch eine Möglichkeit",
sagt er und schickt mit einem Trick
sie in ihr Heimatland zurück.
„Holt euren Jüngsten aus der Ferne,
damit auch ihn ich kennenlerne."

Als sie erneut zu Josef gehen,
um Getreide zu erstehen,
ist er gerührt und sagt dabei,
dass er ihr Bruder Josef sei.

Nun fürchten alle um ihr Leben.
Doch er hatt' ihnen längst vergeben.
„Nicht ihr seid schuld. Es musst' so kommen.
Gott hat uns alle mitgenommen
auf dem Weg, den er bereitet,
und uns aufmerksam begleitet,
ist jeden Schritt mit uns gegangen,
dass wir wohl zum Ziel gelangen.

Nun holt auch unsern Vater her,
denn ich vermisse ihn gar sehr.
Auch die, die noch mit uns verwandt –
bringt sie her in dieses Land."

Von einer schweren Last befreit,
sind sie – vereint – noch lange Zeit
bei Josef, den sie einst vertrieben,
in Ägyptenland geblieben.

Nur ihr Vater, als er wusste,
dass er wohl bald sterben musste,
bat, wenn er am End sein Leben
zurück in Gottes Hand gegeben,
dass man ihn begrabe dann,
in seiner Heimat Kanaan.

Mose und das Gottesvolk

2. Mose 2 – 5. Mose 34

Mose, den Gott auserkoren,
sein Volk zu führen, ward geboren,
als in Ägypten jahrelang
man Israel zur Arbeit zwang.

Der König, der zu jener Zeit
mit Strenge und viel Grausamkeit
das Land regierte, hat befohlen,
alle Neugeborenen zu holen,
die aus dem Volke Gottes sind,
und zu töten dann das Kind.

Als Mose ward zur Welt gekommen,
hat seine Mutter ihn genommen
und ihn, eingehüllt in Decken,
um ihn sicher zu verstecken
und zu schützen vor dem Tod,
in einen Korb – gleich einem Boot –
gelegt und auf den Nil gesetzt,
wo der Kleine unverletzt
zu einem nahen Badestrand,
wo ihn des Königs Tochter fand,
getragen wurde, die sodann
ihn wie ihr eignes Kind nahm an.

Fortan verbrachte und genoss
er seine Zeit im Königsschloss.

*****

Jahre später dann geschah,
dass Mose aus der Nähe sah,
wie ein Hebräer äußerst hart
von einem Mann misshandelt ward,
den der König abgestellt
als Sklavenaufsicht auf dem Feld.

Vor Zorn und Wut sah Mose rot
und schlug den Sklaventreiber tot.

Der König hat's ihm nicht verziehen.
Drum musste Mose schnellstens fliehen.
Fern im Lande Midian
fing er ein neues Leben an.
Als Hirte hat in vielen Stunden
hier seine Seele Ruh' gefunden.
In Frieden und in Sicherheit
verbrachte er dort seine Zeit.

*****

Als Mose eines Tages sah,
wie ein Dornenbusch – ganz nah –
im Feuer stand und er vernahm,
wie eine Stimme daraus kam,
wurde ihm auf Anhieb klar,
dass es *Gottes* Stimme war.

„Mose, du bist nicht allein.
Ich, dein Gott, will bei dir sein.
Geh jetzt nach Ägyptenland
und rette aus des Königs Hand
mein Volk, das in Gefangenschaft.
Ich gebe dir dazu die Kraft."

Mose tat, was Gott gesagt,
um das Volk, das so geplagt,
zu befrei'n und heimzubringen,
doch sollte dies nicht gleich gelingen.
Der König dachte nie im Leben
daran, die Sklaven freizugeben.

Der König mochte widerstreben;
doch deshalb einfach nachzugeben
kam für Gott gar nicht infrage.
Deshalb schickt er eine Plage,
dann eine zweite, drei, dann zehn.
Dann durften alle Sklaven geh'n.

*****

Der König hat schon bald bereut,
dass die Hebräer nun befreit;
darum befahl er seiner Wehr:
„Zieht los und bringt sie wieder her!"

Die Flucht war voller Müh' und Leid
und die Soldaten war'n nicht weit.
Das Rote Meer war schon zu sehen.
Wie sollte es jetzt weitergehen?

Alle war'n in größter Not.
Drohte ihnen jetzt der Tod?

Da bahnte mitten durch die Wogen
Gott einen Weg, auf dem sie zogen
mitten durch das tiefe Meer.
Die Soldaten hinterher.

Kaum ließen sie an Land sich nieder,
schloss Gott die Wasserfluten wieder,
sodass des Königs Heer versank
und im Roten Meer ertrank.

Nun galt's, die Wüste zu durchqueren
und dabei vieles zu entbehren.
Die Leute murrten laut und kräftig
und kritisierten Mose heftig.
Sie hatten Durst und wollten essen
und dachten, Gott hat sie vergessen.

Mit Wachteln und mit Himmelsbrot
lindert Gott die größte Not.
Mose lässt er, als sie klagen,
fest an einen Felsen schlagen,
aus dem gleich frisches Wasser quillt,
das ihren Durst fürs Erste stillt.

Als sie nach langer Wanderschaft
den Sinai mit letzter Kraft
erreichten und erschöpft und matt
dort suchten eine Ruhestatt,
sprach Gott zu Mose, dass er wolle,
dass der den Berg besteigen solle.

Am Gipfel schließlich angekommen
hat Mose in Empfang genommen
Gebote, von Gott selbst gestaltet.
„Ich will, dass ihr euch daran haltet.
Was dem Leben dient, das tut.
Dann geht es allen Menschen gut.
Was euch aber schadet, meidet,
damit keiner von euch leidet."

Die Gebote sollten bleiben,
das Böse aus der Welt vertreiben,
der Menschheit ewig Frieden bringen,
doch leider sollt' dies nicht gelingen.

Nur Mose war das Recht zu eigen,
auf den Berg zu Gott zu steigen.
Von dort oben jedes Mal
brachte er dem Volk im Tal
eine Weisung, die es bald
gehorsam zu befolgen galt.

So sollte es nach Gottes Plan
ein Zelt errichten und fortan
darinnen opfern und Gott preisen
und ihm allein die Ehr' erweisen.

Dann zogen sie mit Gottes Segen
weiter jenem Land entgegen,
das, als sie einst aufgebrochen
– so hatte Mose es versprochen –
sie zu erreichen fest geplant.
Niemand hätte je geahnt,
dass der Weg wär' gar so weit
und unendlich lang die Zeit,
bis nach vielen, vielen Jahren
sie am ersehnten Ziele waren.

*****

Nur einem war es nicht gegeben,
im Gelobten Land zu leben.
Am Ende ihrer Wanderschaft
hatte Mose keine Kraft.
Am Jordan, wo er einst geboren,
hat er sein Leben auch verloren.

Er hatte Gottes Volk geleitet
und sicher an sein Ziel begleitet.

Die Zehn Gebote

2. Mose 20,1–17

Wie leicht lässt sich zu allen Zeiten
der Mensch zu Streit und Zank verleiten,
zu Betrug und bösem Wort,
im schlimmsten Fall sogar zu Mord.

„Dieses kann ich gar nicht leiden",
sprach Gott, „und um es zu vermeiden
und zum Frieden anzuregen,
will ich zehn Gebote legen
in des Menschen Herz und Denken,
die soll'n sein täglich Handeln lenken."

Als Erstes: Gott ist Herr allein.
Außer ihm darf's keiner sein.

Als Nächstes ist darauf zu achten,
Gott nicht als Bildnis zu betrachten.

Gottes Name soll auf Erden
– drittens – nicht missbrauchet werden.

Viertens soll an Feiertagen
man die Arbeit sich versagen;
stattdessen Gott im Himmel droben
mit Psalmen und Gebeten loben.

Als fünftes achtet das Verbot:
Bringet niemandem den Tod!

Sechstens gilt es, das Versprechen,
sich treu zu bleiben, nicht zu brechen.

Siebtens gilt als schlimme Tat,
wenn jemand sich genommen hat
eines andern Hab und Gut.
Gott will nicht, dass man so was tut.

Es folgt sodann als achte Pflicht:
Seid ehrlich stets und lüget nicht!

Wenn – Nummer neun – des Nachbarn Haus
ist groß und sieht vortrefflich aus,
sollst du ihn nicht darum beneiden.
So was kann Gott gar nicht leiden.

Als zehntes dann zum guten Schluss
gilt, dass man akzeptieren muss,
wenn die Frau von nebenan
sein eigen nennt ein andrer Mann,
desgleichen Knecht und Magd und Tier.
Sie gehören ihm. Nicht dir!
Wer zufrieden ohne Neid,
spart sich und anderen viel Leid.

„Wenn jeder Mensch sich daran hält",
spricht Gott, „wird besser diese Welt."

Klein gegen Groß

1. Samuel 17

Bei den Philistern ein Soldat,
er trug den Namen Goliath,
war groß und stark und gut gebaut.
Drum hat niemand sich getraut,
ihn zu reizen ohne Not.
Er schlüge ihn wahrscheinlich tot.

Als die Philister im Duell
mit dem Heer aus Israel
um den Sieg im Felde rangen,
sprach Goliath, eh sie angefangen,
sich mit Waffen zu bekriegen:
„Keine Angst, wir werden siegen.
Sollt' gegen mich es einer wagen
und ich würde ihn erschlagen,
so wär das ganze Volk fortan
uns als Siegern untertan.
Wär es hingegen umgekehrt
und er bliebe unversehrt,
während ich am Boden lieg',
so gehörte euch der Sieg.
Wir müssten *euch* zu Dienste stehen.
Doch glaubt mir: Das wird nicht geschehen."

Die Furcht bei Israel war groß.
Die Lage war ja aussichtslos.
Keiner hat den Mut besessen,
mit Goliath sich im Kampf zu messen.

Nur einer. Der war jung und klein.
David ließ sich darauf ein.
Saul, der König, konnt's nicht fassen.
„Das darfst du nicht. Das musst du lassen.
Du bist ein Knabe. Er ein Mann,
der dich leicht besiegen kann.
Er lacht dich aus. Das wirst du sehen.
Und tötet dich im Handumdrehen."

Doch David sagte: „Ich will's wagen.
Hab wilde Tiere schon erschlagen.
Mit Gottes Hilfe wird's gelingen.
Ich werd' zu Fall den Riesen bringen."

Als Goliath nun vor ihm stand
mit dem Schwert in seiner Hand
und einer Rüstung aus Metall,
brachte David ihn zu Fall
mit einem Stein, der schnell und hart
an Goliaths Kopf geschleudert ward.

Der verlor sein Gleichgewicht
und fiel auf sein Angesicht.
Der vorher alle noch bedroht,
war nun auf einmal selber tot.

„Nicht ich hab' den, der hier nun liegt,
nein, unser Gott hat ihn besiegt.
So sieht", sprach David, „alle Welt,
wie Gott zu seinem Volke hält."

Davids Sünde

2. Samuel 11

Als David eines Abends sah,
wie – dem Königshaus ganz nah –
Batseba, gänzlich ohne Kleid,
ein Bad nahm, sprach er voller Neid
auf den, den sie zum Mann gewählt,
als ob so etwas gar nicht zählt:
„Sie ist so schön. Ich mag sie sehr.
Ich will sie haben. Bringt sie her."

Die Diener taten, wie befohlen,
und gingen gleich, die Frau zu holen.

Batseba ward noch in der Nacht
in Davids Königshaus gebracht.
Er führte sie ins Schlafgemach.
Dort gab sie seinem Drängen nach.

Nach ein paar Wochen schon war klar,
dass Batseba schwanger war.

Für Uria, ihren Mann,
der König einen Plan ersann.
Der war Soldat in Davids Heer.
Ihn loszuwerden, war nicht schwer.
Er schickte ihn in eine Schlacht.
Dort ward Uria umgebracht.

Man sandte zu Batseba Boten,
die ihr erzählten von dem Toten.
Die Witwe hielt nun sieben Tage
– wie es Brauch war – Totenklage.

Kaum war die Zeit des Trauerns aus,
zog sie in Davids Königshaus
und ward von ihm zur Frau genommen.
Bald hat sie dann ihr Kind bekommen.

Gott aber war dem David gram,
dass er dem Uria nahm
erst die Frau und dann das Leben.
Das hat Gott David nicht vergeben.

Davids Reue

2. Samuel 12

Am Hofe durfte niemand wagen,
dem König ungestraft zu sagen,
dass, wenn er sich ins Unrecht setze,
er Gottes Willen grob verletze.

Nur Nathan, von Gott selbst gesandt,
war von David anerkannt.
Er allein war ausersehen,
mit David ins Gericht zu gehen.

„David, dieses ist geschehen“,
sagte Nathan, um zu sehen,
ob es wohl den König störe,
wenn er von diesem Frevel höre.

„Zwei Männer waren in der Stadt.
von denen einer wenig hat,
der andre viel, doch meinte er,
das reiche nicht, er brauche mehr.

Der Reiche hat viel Vieh besessen.
Der Arme hatte unterdessen
nur ein Schäflein, welches er
von ganzem Herzen liebte sehr.

Als der Reiche Lust bekam
auf sein Leibgericht, da nahm
er weg dem armen Mann
das Tierlein und das aß er dann.“

Als König David dies gehört,
da war er wütend und empört.
Ja, in seinem Zorne droht
er dem Reichen mit dem Tod.
„Dafür, dass er sich genommen,
was sein nicht ist, muss er bekommen
eine Strafe hart und schwer.
Bringet mir den Mann rasch her!“

Nathan sprach ganz ruhig sodann:
„Merkst du's nicht? *Du* bist der Mann!
Gott hat dir so viel Macht gegeben.
Du bist reich und führst ein Leben

wie kein andrer weit und breit.
Tut es dir denn gar nicht leid,
mit Urias Frau zu leben
und ihn dem Tode preiszugeben?
Wie konntest du Gott so betrüben?
Er wird Vergeltung an dir üben.“

König David war betroffen.
Doch er wagte kaum zu hoffen,
das er bei Gott Vergebung fände
und der sein Schicksal noch mal wende.
„Ich hab' gesündigt. Ich seh's ein.
Wenn Gott mich straft, so soll es sein.“

Gott hat ihm die Schuld vergeben.
Den Sünder ließ der HERR am Leben.
Doch das Kind erkrankte schwer.
Es starb. Und David weinte sehr.
Und mit ihm seine Frau, die wusste,
warum das Kindlein sterben musste.

Beide hatten sehr zu leiden.
Später aber ward den beiden
geschenkt als eine Gottesgabe
Salomo, ein kleiner Knabe.

Gott liebte ihn und hielt die Hand
über ihn, dass er das Land,
wenn er später alt genug,
regiere weise, gut und klug.

Salomos Urteil

1. Könige 3,16–28

Zwei Frau'n, die stritten um ein Kind,
zu Salomo gegangen sind
und baten, er sollt' doch entscheiden,
welche recht hat von den beiden.

Die erste sprach: „Dies Kind ist mein."
Die zweite: „Nein, das kann nicht sein.
Ich bin die Mutter dieses Knaben."
„Das stimmt nicht, drum will *ich* ihn haben."

Keine war dazu bereit,
nachzugeben bei dem Streit.

Um die beiden Frau'n zu testen,
sprach Salomo: „Es ist am besten,
wir teilen mit dem Schwert das Kind,
dass beide Frau'n zufrieden sind."

Die erste sprach darauf ganz kalt:
„So ist's mir recht. Dann teil es halt."

Die zweite bat nun: „Tu es nicht!
Siehst du, wie das Herz mir bricht?
Du kannst das Kind der andren geben.
Die Hauptsach' ist, es bleibt am Leben."

Für Salomo war damit klar,
wer des Kindes Mutter war.
Welche sagt: „Das Kind soll leben,
der will ich diesen Knaben geben."

Rasch sprach es sich herum im Land,
mit wie viel Weisheit und Verstand,
die beide eine Gottesgabe,
der König Recht gesprochen habe.

Das Lied vom Gottvertrauen

Psalm 23

Wie ein Schaf darauf vertraut,
dass ein Hirte stets drauf schaut,
dass von der Herde, die er führt,
niemals er ein Tier verliert,

so glaub' ich, dass für Gott nur zählt,
dass keinem Menschen etwas fehlt.

Dass wie ein Schaf auf seiner Weide
der Mensch nicht Durst noch Hunger leide.

Dass auch der Seele und dem Herzen
ersparet bleiben Leid und Schmerzen.

Dass der Mensch sein Ziel erreiche
und nicht vom rechten Weg abweiche.

Und wenn ihn Finsternis umgibt,
dann weiß er doch, dass Gott ihn liebt
und ihm mit Trost zur Seite steht,
sodass es ihm bald besser geht.

Wird ein Mensch vom Feind bedroht,
schenkt Gott ihm Kraft in seiner Not,
macht ihm Mut zum Widerstand
und hält ihn dabei an der Hand.

Mit Gutem und Barmherzigkeit
bleibt Gott uns nah die ganze Zeit;
und wenn die Zeit auf Erden endet,
Gott sich nicht einfach von uns wendet.
Er steht vor seines Hauses Tür
und sagt: „Tritt ein und bleib bei mir."

Ein frommer Mann
Hiob

Hiob war ein frommer Mann,
der von Kindesbeinen an
treu seinem lieben Gott vertraute,
auf den er fest sein Leben baute.

Gott schenkte Hiob viele Kinder.
Dazu Kamele, Schafe, Rinder,
Esel auch und sehr viel Land.
Gesinde ihm zur Seite stand.

Es konnte ihm kaum besser gehen.
Doch dann ist Folgendes geschehen.

Der Teufel hatte sich – gebt acht! –
eine Prüfung ausgedacht.
Wie weit denn Hiobs Glaube reiche,
wenn das Glück mal von ihm weiche.

Innerhalb von kurzer Zeit
ereilte Hiob größtes Leid.

Mit Feinden hat es angefangen,
die Hiobs Knechte niederrangen,
über seine Weiden fegten
und sämtliches Getier erlegten.

Hab und Gut, das ihn einst freute,
wurden rasch der Feinde Beute.

Doch dann – das war der schlimmste Schmerz –
brach's ihm und seiner Frau das Herz,
als der Tod ins Haus gekommen
und hat die Kinder mitgenommen.

Hiob wurd' ein kranker Mann.
„Was habe ich denn nur getan?
Hab nicht gestohlen, nicht betrogen,
nicht geflucht und nicht gelogen.
Was also mag die Ursach' sein,
dass ich erleide solche Pein?"

Hiobs Frau fragt unterdessen:
„Hat dich wohl dein Gott vergessen?
Sag mir, was dein Gott dir nützt,
wenn in der Not er dich nicht schützt."

Auch Hiobs Freunde hatten Zweifel.
„Warum hindert Gott den Teufel
nicht, dir das Leben zu beschweren
und dir alles zu zerstören?"

„Ach", sprach Hiob, „seid doch still!
Ich glaub' an Gott und, ja, ich will
ihm auch in Zukunft Ehr' erweisen,
zu ihm beten und ihn preisen.

Viele Jahr' hat Gott mein Leben
reich gemacht und mir gegeben,
was ich brauch'. Ich hab's bekommen.
Jetzt hat er's wieder mir genommen.
Wem so viel Gutes zugetragen,
der soll auch Schweres nicht beklagen."

Selten konnte Gott erleben,
dass jemand ihm so treu ergeben
wie Hiob, der zu keiner Zeit
seinen Glauben je bereut.

Gott sprach: „Ich will mich beeilen
und den Schaden wieder heilen.
Was er verloren hat im Leben,
will zweifach ich zurück ihm geben."

Auch wurde zu derselben Stund'
Hiob wieder ganz gesund.
Kinder wurden ihm geboren. Zehn!
Das Leben wurde wieder schön.

So konnte Hiob lange Zeit
ohne Angst vor neuem Leid,
dankbar seinem Gott verbunden,
bei dem er Gnade hat gefunden,
von der Familie stets umgeben
bis zum Schluss in Frieden leben.

Daniels Glaube

Daniel 6

Der König, der das Land geführt
– Darius hieß er –, hat gespürt,
dass ihm in Daniel jederzeit
ein treuer Helfer stand zur Seit'.

Drum hat er, auch um ihn zu loben,
ihn in ein hohes Amt gehoben.
Darius, der König, wollte,
dass er die Aufsicht haben sollte
am Hofe über jedermann,
der dem König untertan.

Die Leute fanden das nicht gut
und sie erzählten voller Wut
dem König, dass der, den er schätzt,
ein wichtiges Gebot verletzt.

Denn jeder war im Land verpflichtet,
wenn er ein Gebet verrichtet,
allein den König nur zu preisen
und ihm die Ehre zu erweisen.

„Daniel hält sich nicht daran.
Er betet *seinen* Gott nur an."

Der König konnte das nicht fassen;
denn das Gesetz, das er erlassen,
um das ganze Volk zu zwingen,
ihm Ehrerbietung zu erbringen,

sah vor, dass alle, die dagegen,
man in Ketten sollte legen
und sie den Löwen vor dem Tor
sogleich zum Fraße werfe vor.

Auch wenn er sehr an Daniel hing,
fand er, das so was gar nicht ging.
Was per Gesetz ist vorgeschrieben
kann nicht jeder nach Belieben
in seinem Sinne frei gestalten
oder sich nicht daran halten.

Man sperrte, dieses musste sein,
Daniel bei den Löwen ein.

Am nächsten Tag beim Morgengrauen
der König ging nach Daniel schauen.
„Die Löwen", hat er sich gedacht,
„haben ihn wohl umgebracht."

Doch sie hatten Ruh' gegeben
und er war immer noch am Leben.

„Mein Gebet hat mir genützt.
Mein Gott hat mich heut' Nacht beschützt.
Er hat meine Not erkannt
und einen Engel mir gesandt.
Der sprach die Löwen freundlich an.
Drum haben sie mir nichts getan."

Der König war nun sehr gerührt.
„Ich glaube, deinem Gott gebührt
der Dank und er allein
soll künftig angebet sein.

Ein König kann ein Land regieren.
Gott aber hat die Macht zu führen
alle, die auf Erden leben.
Lasst uns ihm die Ehre geben."

Der Prophet und der große Fisch

Jona

In Ninive vor langer Zeit
fand Gott: „Es geht mir viel zu weit,
wie böse hier die Menschen sind.
Das muss sich ändern ganz geschwind."

So sprach zu Jona Gott das Wort:
„Gehe rasch in diesen Ort
und red' den Leuten ins Gewissen,
dass sie sich dringend bessern müssen.
Wenn sie dir aber folgen nicht,
trifft sie ein hartes Strafgericht."

Jona dachte: „Ach du Schreck,
das kann ich nicht. Ich muss hier weg.
Ich werde mich vor Gott verstecken.
Er darf mich keinesfalls entdecken."

Im Hafen sah ein Schiff er stehen.
„Da drinnen wird mich Gott nicht sehen."

Sie fuhren los. Doch auf dem Meer
ein Sturm das Schiff warf hin und her.
„Will uns Gott ein Zeichen geben?"
Sie hatten Angst um Leib und Leben.
„Wer ist schuld, dass unser Boot
geraten ist in solche Not?
Vielleicht erfahr'n wir's, wenn wir losen",
beschlossen schließlich die Matrosen.

Das Los traf Jona. Jetzt war klar,
warum der Sturm gekommen war.
„Lasst uns Gott ein Opfer bringen.
Damit wird es uns gelingen,
ihn zu beruhigen, sodass dann
das Schiff gut weiterfahren kann."

Sie warfen Jona über Bord
und im Nu der Sturm war fort.

„Jetzt werde ich im Meer versinken
und nach kurzer Zeit ertrinken",
dachte Jona. Ihm ward bang.
Wie schnell das Wasser ihn verschlang.
Jetzt gab's für ihn nichts mehr zu hoffen.

Da kam ein Fisch, das Maul weit offen,
riesengroß und schwer dazu,
sah den Jona und im Nu
schnappte er sich den Propheten.

Jona half jetzt nur noch beten.
Drei Tage und drei Nächte auch
war er in des Fisches Bauch.
Dunkel war's und außerdem
war's für Jona nicht bequem.

Jona faltete die Hände.
„Nun geht es wohl mit mir zu Ende.
Es sei denn, Gott, du lässt mich leben,
um mir noch eine Chance zu geben.
Dass ich, als du mich ausersehen,
für dich nach Ninive zu gehen,
geflohen bin, das war nicht gut.
Doch mir fehlte halt der Mut.
Schickst du mich erneut dorthin,
versprech' ich, dass ich folgsam bin."

„Ich sende dich ein zweites Mal",
sprach darauf Gott und er befahl
dem Fisch, den Jona freizugeben.
Der spie in aus. Zurück ins Leben.

Jona ist, wie er's versprochen,
nach Ninive gleich aufgebrochen,
hat seinen Auftrag dort erledigt
und tapfer Gottes Wort gepredigt.

„Gott hat nicht mehr viel Geduld.
Tut Buße! Tilget eure Schuld!
Vierzig Tage soll'n euch bleiben,
das Böse aus der Stadt zu treiben.
Wollt ihr jedoch auf Gott nicht hören,
wird er Ninive zerstören."

Die Predigt half. Und jedermann
bereute sehr, was er getan,
sagte: „Gott, es tut mir leid“,
und bat ihn um Barmherzigkeit.

Niemand tat was Böses mehr;
Gott sah’s und es gefiel ihm sehr.
„Ich will dem Volk die Schuld vergeben
und lasse Ninive am Leben.“

Nun war Jona ganz geknickt.
„Warum, Gott, hast du mich geschickt,
den Leuten hier für ihre Sünden
deine Strafe zu verkünden,
wenn du nun doch, allein aus Gnaden,
die Stadt verschonst, statt ihr zu schaden?“

Gott sprach: „Das musst du doch verstehen.
Die Menschen haben eingesehen:
Was sie getan, das war verkehrt,
sind voller Reue umgekehrt
und leben jetzt, wie’s sich gehört.
Drum hab’ die Stadt ich nicht zerstört.“

Jona ging verärgert fort
und setzte sich an einen Ort,
an dem die Sonne schien sehr hell.

Über Nacht ließ Gott ganz schnell,
dort einen Rizinus ersteh’n,
ziemlich groß und wunderschön,
dass er vor der argen Hitze
mit seinem Schatten Jona schütze.

Doch in der Früh am nächsten Tag
der Rizinus darniederlag.
Jona, gestern noch erfreut,
war enttäuscht und traurig heut.

Gott sprach: „Was grämst du dich so sehr?
Das war doch nur ein Strauch, nicht mehr.
Dabei hätt' dich nicht gestört,
ich hätte Ninive zerstört?
Ich liebe jeden, der dort wohnt!
Ich habe dich doch auch geschont
und dir deine Schuld vergeben.
Komm, freue dich mit mir am Leben!"

Das Neue Testament

Die Ankündigung von Jesu Geburt

Lukas 1,26–37

Es klopfte kräftig an der Tür.
„Sag an, Maria, bist du hier?"
„Ja, komm herein! Was ist gescheh'n?
Ich habe dich noch nie geseh'n?"

„Steh' nicht als Mann noch Frau vor dir.
Ein Engel bin ich. Glaube mir.
Gott hat mich zu dir gesandt.
Gabriel werd' ich genannt.
Soll eine Nachricht zu dir tragen.
Gott im Himmel lässt dir sagen,
dass er in Liebe an dich denkt
und dir seine Gnade schenkt.
Bald wird ein Kindlein dir geboren.
Dazu hat Gott dich auserkoren.
Sollst ihm den Namen Jesus geben.
In ihm will Gott auf Erden leben."

Als Maria dies begriffen,
ward sie zunächst von Furcht ergriffen.
„Warum denn ich?", fragt sie verwirrt.
„Hat sich Gott da nicht geirrt?"

Doch Gabriel, er macht ihr Mut.
„Hab' keine Angst. Gott meint es gut.
Sein Heil'ger Geist, du wirst es seh'n,
wird stets an deiner Seite steh'n."

Da willigte Maria ein:
„Wie Gott es will, so soll es sein."

Die Geburt Jesu

Lukas 2,1–20

Es war just in einem Jahr,
als Augustus Kaiser war,
dass alle Menschen – groß und klein –
genau gezählet sollten sein.
So ging ein jeder in die Stadt,
in der er seine Wurzeln hat.

Josef und auch seine Braut,
Maria, die ihm anvertraut,
machten sich zur rechten Zeit
auf den Weg, denn der war weit.
Von Nazareth, wo sie seit Jahren
wohnten und zu Hause waren,
nach Bethlehem im Heil'gen Land.
Ein Dorf, damals noch unbekannt.

Gleich, nachdem sie angekommen,
Maria hat ihr Kind bekommen.
In einem Stall in dunkler Nacht
hat sie es zur Welt gebracht.
Als Bettchen nahm sie ganz geschwind
eine Krippe für das Kind,
darinnen Stroh und Heu dazu,
so legte sie das Kind zur Ruh'.

Hirten war'n zur gleichen Zeit
mit ihren Schafen auf der Weid'.

Da trat ein Engel vor sie hin.
„Vom Himmel ich gekommen bin
und sag': Gott will, dass ihr euch freut,
denn aller Welt gebor'n ist heut'
in Bethlehem ein Kind zur Nacht.
Geht rasch hin, doch habet acht:
Die Eltern und das kleine Kind
in einem Stall zu finden sind."

„Kommt", sagten sie, „lasst uns gleich gehen
und schauen, was dort ist geschehen."

Wie angekündigt fanden sie
Jesus, Josef und Marie.

Die Hirten waren sehr gerührt
und lobten Gott, wie sich's gebührt,
fielen voller Demut nieder,
beteten und sangen Lieder.

Dann kehrten sie, erfüllt von Glück,
zu ihrer Herde rasch zurück.

Dass sie hier gewesen waren,
sollte alle Welt erfahren.

„Wir wollen allen Leuten sagen,
was sich heut' Nacht hat zugetragen:
dass, als wir an der Krippe standen,
wir Gott in einem Kinde fanden.
Er selber hat uns angelacht
und dankbar uns und froh gemacht."

Die Weisen aus dem Morgenland

Matthäus 2,1–12

Drei Männer aus dem Morgenland,
weise und mit viel Verstand,
erfahren in der Himmelskunde,
entdeckten einst zu später Stunde
einen leuchtend hellen Stern.
Ein Fingerzeig von Gott, dem Herrn?
„Was wird uns damit kundgetan?"
Sie fingen gleich zu forschen an.

Bald haben sie herausbekommen:
„Gott ist zu uns herabgekommen.
Lasst uns geh'n! Wir suchen ihn.
Der helle Stern, er führt uns hin."

Zunächst ging's nach Jerusalem.
Von da aus dann nach Bethlehem.

Ein jeder hatte mit Bedacht
dem Kindlein etwas mitgebracht.
Gold, Weihrauch, Myrrhe – edle Gaben,
wie sonst nur Könige sie haben.

Das schenkten sie dem Kind und zeigten,
indem sie ihre Häupter neigten,
dass Jesus künftig ganz allein
sollt' ihr neuer König sein.

Dann kehrten sie, erfüllt von Glück,
in ihr Heimatland zurück.

Johannes der Täufer

Markus 1,2–8 · vgl. Matthäus 3,1–6; Lukas 3,1–6

Jesaja, der Prophet, vor Zeiten
sprach: „Einer wird den Weg bereiten
für Gott, dass er empfangen werde,
wenn er als Mensch kommt auf die Erde."

Johannes ist's. Im Wüstenland
macht er Gottes Wort bekannt.
Wer zu seinen Sünden steht
und in Sack und Asche geht
und Besserung gelobt dabei,
den spricht von seiner Schuld er frei.
Auch taufte er in Gottes Namen
im Jordan die, die zu ihm kamen.

Johannes trug stets ein Gewand
aus Kamelhaar und er band
einen Gürtel fest aus Leder
um den Leib. So hat ein jeder,
der beschloss, zu ihm zu gehen,
ihn von Weitem schon gesehen.

Laut hat er Gottes Wort verkündet
und ein Feuer hell entzündet
in allen, die darauf vertraut,
dass Gott barmherzig auf sie schaut.

Er sprach, dass nach ihm einer käme,
der, wenn er tauft, kein Wasser nähme.
Er würde Gottes Geist und Segen
in das Herz der Menschen legen.

Durch ihn wird jeder Heil erlangen.
Drum gilt's, ihn freudig zu empfangen.

Jesus lässt sich taufen

Matthäus 3,13–17 · vgl. Markus 1,9–11; Lukas 3,21–22; Johannes 1,29–34

Der Jordan ist ein großer Fluss,
in den ein jeder steigen muss,
der, weil er Gott, dem Herrn, begegnet
und sich wünscht, dass der ihn segnet,
getauft sein will, um dann sein Leben
ganz in Gottes Hand zu geben.

Auch Jesus zog's zum Wasser hin
zu Johannes, welcher ihn
sogleich im Jordan taufen sollte.
Der wich zurück und sprach: „Ich wollte,
ich wäre der, der – umgekehrt –
die Taufe jetzt von *dir* begehrt."

Doch Jesus sagte: „Lass es zu,
Johannes! Bitte tu,
was ich zu tun gebiete dir.
So wird's recht sein. Glaube mir!"

Als die Taufe ward geschehen,
aller Augen konnten sehen,
wie aus einer Himmelstür
Gottes Geist trat nun herfür,
wie eine Taube fuhr herab
und den Täufling ganz umgab.

Dann hörte man in lautem Ton
die Worte: „Dieses ist mein Sohn,
von mir gesandt in diese Welt,
der mir von Herzen wohlgefällt."

Jesus heilt einen Gelähmten

Markus 2,1–12 · vgl. Matthäus 9,1–8; Lukas 5,17–26

In der Stadt Kapernaum
sprach es sich sehr schnell herum,
dass Jesus wieder sei im Ort
und predige hier Gottes Wort.

Da brachten sie ihm einen Mann,
der von Kindesbeinen an
stets auf seinem Bett gelegen,
denn er konnt' sich nicht bewegen.

Vorm Haus, in dem sie Jesus fanden,
unendlich viele Menschen standen,
Seit' an Seite, dicht an dicht,
sie kamen bis zur Türe nicht.
Drum haben sie mit aller Kraft
zunächst das Bett aufs Dach geschafft.
Dann brachen sie mit spitzen Keilen
die Decke auf und an vier Seilen
ließen sie das Bett herab
und stellten es vor Jesus ab.

„Wer solche Freunde um sich schart
und seinen Glauben sich bewahrt
trotz allen Leids, das er ertragen
geduldig schon seit Kindertagen,
dem sei für alles, was im Leben
er falsch gemacht, die Schuld vergeben."

Als drumherum die Schriftgelehrten,
die Gott im Herzen sehr verehrten,
dies aus Jesu Mund gehört,
war'n sie alle sehr empört.

„Wie kann Jesus sowas sagen?
Was ist das für ein Betragen?
Er muss ein Gottesläst'rer sein.
Vergeben kann nur Gott allein."

Doch Jesus spürte, was sie dachten.
Dass sie im Stillen ihn verachten.
„Wollt lieber ihr ein Zeichen sehen?"

Darauf ließ er den Kranken gehen.
„Nimm dein Bett. Du bist geheilt."
Und fortan von dieser Stund'
war der gelähmte Mann gesund.

Vor aller Augen war geschehen
ein Wunder. Jeder hat's gesehen.

Eine stürmische Seefahrt

Lukas 8,22–25 · vgl. Matthäus 8,23–27; Markus 4,35–41

Die Sonne schien, warm war es auch,
der Wind war nur ein milder Hauch,
als Jesus mit der Jüngerschar
am See Genezareth grad war.

„Ein Schiff soll uns, wir woll'n es wagen,
sanft ans andre Ufer tragen."
So war der Plan, war die Idee.
Und schon war'n alle auf dem See.

Doch bereits nach kurzer Zeit
spürte Jesus Müdigkeit.
„Ich mache kurz die Augen zu.
Ich brauche nur ein bisschen Ruh."

Kaum war Jesus eingeschlafen,
sie war'n schon recht weit weg vom Hafen,
ließ ein Sturm die Wellen steigen.
Das Schiff begann sich schon zu neigen.
Es schaukelte mal hin, mal her.
Die Jünger fürchteten sich sehr.

Sie weckten Jesus. „Uns ist bang.
Rette uns vorm Untergang!"

„Glaubt mir, es wird alles gut",
machte Jesus ihnen Mut.
„Euch muss doch vor dem Sturm nicht grauen.
Ihr braucht nur mehr Gottvertrauen."

Dann rief er dem Sturme entgegen,
er solle sich jetzt wieder legen.

Und schon geschah es. Ganz geschwind
wurde aus dem Sturm ein Wind,
nicht mehr schlimm und nicht mehr wild,
sondern wieder ruhig und mild.

Die Jünger sah'n sich ratlos an.
„Wie macht er das? Was für ein Mann
ist Jesus, der es sogar schafft,
dem Sturm zu nehmen alle Kraft?"

Sie konnten's einfach nicht versteh'n.
Ein Wunder war für sie gescheh'n.

Helfer in der Not

Lukas 10,30–37

Ein Mann war einst – vergnügt und froh –
unterwegs nach Jericho,
als Räuber ihm den Weg versperrten
und ihn auf den Boden zerrten.
Sie schlugen kräftig auf ihn ein
und ließen liegen ihn allein.

Schwer verletzt und voller Wunden
hat ihn ein Priester bald gefunden.
„Oh armer Mann, es tut mir leid,
aber ich hab' keine Zeit."
Und ging fort in großer Eile.

Plötzlich kam nach einer Weile
ein Tempeldiener an den Ort.
„Tut mir leid, ich muss gleich fort."
Anstatt die Wunden zu verbinden,
sah man ihn sogleich verschwinden.

Ein Fremder blieb am Ende stehen
und statt weiter gleich zu gehen,
sagte er: „Ich helfe dir",
hob ihn auf sein Lastentier
und brachte ihn zur weit'ren Pflege
in ein Gasthaus gleich am Wege.

Der Wirt, der ihn gut aufgenommen,
hat etwas Geld dafür bekommen.
„Ist's zu wenig, sollt's nicht reichen,
will auf dem Rückweg ich's begleichen."

*****

So wie's der Fremde hier gemacht,
der nicht an sich selbst gedacht,
sondern sich hat Zeit genommen,
dem Nächsten, der in Not gekommen,
zu helfen und ihm beizustehen,
so soll ein jeder danach sehen,
wie er dem Menschen nebenan
gut zur Seite stehen kann.
Wer sich im Leben so verhält,
der tut, was unserm Gott gefällt.

Zwei Schwestern

Lukas 10,38–42

In einem Dorf kehrt Jesus ein
bei Marta. Die war nicht allein.
Auch ihre Schwester war gekommen,
Maria, und hat Platz genommen
zu Jesu Füßen, dass sie nicht
verpasse das, was Jesus spricht.

Marta hat derweil gemacht,
was zu tun grad angebracht
im Haushalt und war sehr verstört,
dass Maria nur gehört
auf Jesus, statt ihr beizustehen.
Hat Jesus das denn nicht gesehen?

Sie geht zu Jesus, um zu klagen.
„Willst meiner Schwester du nicht sagen,
dass es nicht in Ordnung ist,
dass, wenn unser Gast du bist,
ich allein die Arbeit tue
und sie zu deinen Füßen ruhe?"

Drauf Jesus: „Marta, ja, ich weiß,
wie du im Haus mit großem Fleiß
deinen guten Dienst verrichtest
und zugleich darauf verzichtest,
es wie deine Schwester jetzt
zu machen, die sich hergesetzt,
um mir ihre Zeit zu schenken.
Doch solltest, Marta, du bedenken,

dass ich nicht immer bei euch bin.
Deshalb hat es seinen Sinn,
wenn Maria hört mein Wort;
denn bald schon bin ich wieder fort.
Dann bleibt noch genügend Zeit,
dass ihr euch teilt die Hausarbeit."

Beten hilft

Lukas 11,5–13 · vgl. Matthäus 7,7–11

Du hast Besuch und ihr wollt essen.
Doch leider hattest du vergessen
einzukaufen. In der Not
fragst du einen Freund nach Brot.
Es ist schon spät. Fast Mitternacht.
Der Freund, er ist ganz aufgebracht.
„Siehst du nicht? Die Tür ist zu.
Was störst du mich in meiner Ruh'?
Ich habe schon geschlafen eben.
Geh' weiter! Ich kann dir nichts geben."

„Was der Freund dem Freund hier tut",
sagt Jesus, „das ist gar nicht gut.
Wenn ihn die Freundschaft nicht bewegt,
sollt' er dem, der unentwegt
drängt und bettelt, schon allein
in der Not ein Helfer sein,
weil dieser sonst wohl niemals geht,
wenn er ihm nicht zur Seite steht.

Anders als ein Freund, dem man
in der Not nicht trauen kann,
ist man bei Gott in besten Händen.
An ihn kann man sich *immer* wenden.

Willst du Kummer überwinden,
suche Gott! Er lässt sich finden.
Klopfst bei ihm du an die Tür,
freut er sich und öffnet dir.
Bittest du ihm im Gebet,
macht er, dass es dir besser geht.

Gott schenkt uns, was wir nötig haben:
viele gute Lebensgaben.“

Was wichtig ist

Lukas 12,22–31 · vgl. Matthäus 6,25–33

Dass der Mensch sich Sorgen macht
und drum nicht schlafen kann bei Nacht,
ist leider keine Seltenheit.
Doch „Sorgen sind verlor'ne Zeit",
sagt Jesus und gibt uns den Rat,
was man ist und was man hat,
soll man mit Dankbarkeit besehen.
Und schon wird's einem besser gehen.

Fragen wie „Was soll ich essen?"
kann man dann getrost vergessen.
Und auch was man anzieh'n solle,
spielt dann keine große Rolle.

Das Leben ist doch – Gott sei Dank –
mehr als ein voller Kleiderschrank.
Und es kann viel mehr bescheren
als alles, was man kann verzehren.

Jesus nennt als Beispiel dann
die Vögel. Hier man sehen kann,
wie Gott, weil er sie herzlich liebt,
ihnen immer Futter gibt.

Oder wie die Blumen blüh'n
und auf der Wiese, saftig grün,
das Gras gedeiht, weil Gott es fügt.
Mehr braucht es gar nicht. Das genügt.

Wie Gott die Pflanzen schön gemacht
und auf die Tiere gibt gut acht,
so wird er auch dem Menschen geben,
was er nötig hat zum Leben.

Anstatt immer neu zu fragen:
„Was esse ich? Was kann ich tragen?“,
wie Leute, die auf sich nur schauen,
weil sie Gott nicht recht vertrauen,

kann der Mensch, der stets bedenkt,
wieviel Gott ihm alles schenkt,
zum Danken seine Zeit verwenden,
statt sie für Sorgen zu verschwenden.

Alle sind willkommen

Lukas 14,15–24 · vgl. Matthäus 22,1–10

Als Jesus einst zu Tische saß
und mit seinen Freunden aß,
sprach er: „In *Gottes* Haus steht ihr
stets vor einer offnen Tür.
Ob man hineingeht steht dabei
einem jeden völlig frei.
Tust du's nicht, kann's dir ergehen,
wie wir an diesem Beispiel sehen."

*****

Ein Mann ein Festmahl feiern wollte,
zu dem ein jeder kommen sollte,
den er geladen hatt' als Gast.
Dass niemand nun das Fest verpasst,
sandte er die Knechte aus.
„Gehet rasch von Haus zu Haus
und sagt: Nun kommt, es ist so weit,
das Festmahl steht für euch bereit."

Der erste der Gelad'nen spricht:
„Es wär' zwar schön, doch geht's grad nicht.
Ich kaufte jüngst ein neues Feld,
nun muss ich seh'n, wie's mir gefällt."

Der zweite sagte: „Ach wie schad',
ich kaufte fünf Joch Ochsen grad.
Die habe ich noch nicht geseh'n.
Ich komme nicht. Du wirst's verseh'n."

Der dritte Gast war hocherfreut.
„Ich nahm eine Frau mir heut.
Tut mir leid. Sag deinem Herrn:
Ein andermal, da komm' ich gern."

„Was soll denn so was?", sprach der Mann.
„Warum tut man mir das an?
Da lade ich zum Festmahl ein
und meine Gäste sagen: ‚Nein.'"

Sein Zorn und Ärger waren groß.
Er schickt die Knechte noch mal los.
„Geht und sprecht die Kranken an!
Mir ist willkommen jedermann.
Holt auch, die arm sind oder schwach
zur Feier unter meinem Dach!"

Die Leute kamen gern. In Scharen.
Noch immer viele Plätze waren
unbesetzt und frei.
„Geht, holt jeden schnell herbei,
der jetzt Lust zu kommen hat.
Saget ihm: Hier wird er satt."

Die Knechte taten wie befohlen
und gingen noch mehr Gäste holen.
Alle waren hocherfreut
über die Gelegenheit
und kamen rasch in großer Zahl
zum festlich aufgetischten Mahl.

Der Hausherr freute sich gar sehr.
„Doch jene ruf ich nimmermehr,
die, anstatt zum Fest zu kommen,
sich etwas andres vorgenommen.“

Ein Vater freut sich

Lukas 15,11–32

Zwei Söhne waren's, die vor Zeiten
einander sich die Arbeit teilten
am Hof des Vaters, wie es Sitte.
Da kam der jüng're mit der Bitte,
er wolle jetzt mal was erleben,
der Vater solle ihm doch geben,
was ihm als Erbteil zugedacht.
Der Vater hat's sogleich gemacht.

Dann zog, die Taschen voller Geld,
er in die große weite Welt,
die so viel Reize für ihn bot.
Doch dann kam eine Hungersnot.
Das Geld, es war längst ausgegeben.
Doch wovon sollte er jetzt leben?

Als er schließlich auf dem Land
als Schweinehirte Arbeit fand,
dachte er voll Bitterkeit,
dass ihm noch vor kurzer Zeit
– am Hof des Vater unbeschwert –
ein gutes Leben ward beschert.

„Ich kehr zurück und werde sagen:
Vergib mir, Vater, mein Betragen.
Was ich getan, das war nicht recht.
Lass künftig bitte mich als Knecht
hier wieder sein mit wenig Lohn;
bin's nicht mehr wert zu sein dein Sohn."

So dachte er's.
So machte er's.

Der Vater lief ihm gleich entgegen.
„Mein Sohn kommt wieder. Welch ein Segen!
Kommt, wir woll'n ein Fest begeh'n.
Wir feiern unser Wiederseh'n."

Man gab dem Sohn das beste Kleid,
ein gutes Essen stand bereit.
Sie aßen, tranken, tanzten, sangen.
Allen ist es gut gegangen.

Nur der Bruder war gekränkt.
„Mir hast du noch nie geschenkt
ein Fest wie dies mit gutem Essen.
Hast du, Vater, ganz vergessen,
wie ich die Arbeit hab' verrichtet
mit Fleiß und ganz darauf verzichtet,
so wie mein Bruder in der Welt
zu verprassen unser Geld?"

„Ich weiß es wohl", der Vater spricht,
„und ich vergesse es auch nicht,
dass du treu bei mir geblieben.
Ich werd', mein Sohn, dich immer lieben.
Doch nun dein Bruder ist zurück.
Für mich ist das ein großes Glück.
Ich fürchtete, er wär' verloren.
Jetzt ist's, als wär' er neu geboren.
Sei nicht mehr zornig! Komm mit mir!
Das Fest gebührt wie ihm auch dir.

Vergiss nicht zu danken!

Lukas 17,11–19

Zu Jesus kamen, ihn zu bitten,
zehn Männer, die an Aussatz litten.
„Erbarm' dich unser, Jesus, und
mach' wieder heil uns und gesund!"

Darauf sprach Jesus zu den zehn:
„Ihr müsst zu den Priestern geh'n."
Sie taten's und sie wurden rein.

Zurück kam *einer* nur. Allein.
Voller Dank, dass er genesen.

„Sind es denn nicht zehn gewesen",
fragte Jesus, „die erkrankt?
Und einer nur ist's, der Gott dankt?"

Und zu dem einen sprach er: „Weil
du geglaubt hast, bist du heil."

Beharrlichkeit zahlt sich aus

Lukas 18,1–8

Es war ein Richter in der Stadt,
der sich nicht gefürchtet hat.
Vor Menschen nicht und nicht vor Gott.
Zu dem kam einst in ihrer Not
eine Witwe, welche wollte,
dass er ihr Recht verschaffen sollte.
Doch sie konnte nichts erreichen.
Der Richter ließ sich nicht erweichen.
Aber statt bald Ruh' zu geben,
machte sie ihm schwer das Leben.
Immer wieder kam sie an
und bedrängte diesen Mann.
Schließlich hat er sich gedacht:
„Wenn sie mir so viel Mühe macht
und ständig steht vor meiner Tür,
dann geb' ich nach und helfe ihr."

„Auch Gott", sagt Jesus, „ist bereit,
dass er, wenn mit Beharrlichkeit
ihn einer im Gebet bedrängt,
ihn hört und ihm auch Hilfe schenkt."

Der Mensch vor Gott

Lukas 18,9–14

Zwei Männer waren einst zum Beten
im Tempel vor Gott hingetreten.

Der Erste sprach: „Gott, sieh' mich an!
Ich bin ein rechtschaff'ner Mann.
Halte mich an die Gebot',
helfe andern in der Not,
ich faste streng wie es der Brauch,
und täglich beten tu ich auch.
Ich wüsste keinen weit und breit,
der dir – wie ich – macht so viel Freud."

Der andre sprach: „Bin nicht viel wert.
Was ich mach', ist oft verkehrt.
Als Sünder komm' ich, Gott, zu dir.
Ich bitte dich: Verzeihe mir."

Gott hat beiden zugehört.
Beim Ersten hat ihn sehr gestört,
dass es ihm an Demut fehlt,
wenn er so stolz von sich erzählt,
wie gut und auch wie fromm er sei
und auch vollkommen fehlerfrei.
Wer höher als er ist sich stellt,
der später um so tiefer fällt.

Beim Zweiten hat sich Gott gedacht:
Er hat zwar vieles falsch gemacht,

doch sieht er – und so soll es sein –
seine Fehler ehrlich ein.
Als er zu Hause angekommen,
hatte Gott ihn angenommen.

Ein Sünder tut Buße

Lukas 19,1–10

In Jericho die frohe Kunde
machte überall die Runde,
Jesus komme wohl noch heute
in die Stadt, weshalb die Leute
suchten, wo ein Plätzchen frei,
an dem er gut zu sehen sei.

Am Wegesrand, man sah ihn kaum,
saß auf einem Maulbeerbaum,
weil man von dort weit schauen kann,
Zachäus, ein recht kleiner Mann.

Sonst war er an der Zollstation
zu finden, wo er seinen Lohn
mit bösen Tricks, die nicht erlaubt,
in die Höhe hat geschraubt.
Durch Geld, das andern er genommen,
war zu Reichtum er gekommen.

Zachäus war, man kann's versteh'n,
deshalb gar nicht gern geseh'n.

Als, dem Baume ziemlich nah,
Jesus nun nach oben sah
und, obwohl er sich versteckte,
dort Zachäus gleich entdeckte,
sprach er: „Zachäus, komm' da raus,
wir geh'n zusammen in dein Haus."

Die Leute fanden's gar nicht gut.
„Weiß Jesus denn, was er da tut?
Nimm sich für einen Sünder Zeit?
Das ist nicht recht. Das geht zu weit."

Zachäus aber war gerührt,
hat Jesus in sein Haus geführt
und seine Fehler zugegeben.
„So will ich fortan nicht mehr leben.
Mein Geld soll auch den Armen nützen.
Ich will sie kräftig unterstützen.
Und jeder, der von mir beim Zoll
mit List betrogen wurde, soll
sein Geld viermal so hoch von mir
– das versprech' ganz fest ich dir –
schnell zurückbekommen nun.
So, Herr, will ich Buße tun."

„Was heut' in diesem Haus geschehen",
sprach Jesus, „hab' ich gern gesehen.
Wenn einer selbst sich Sünder nennt
und offen seine Schuld bekennt,
sollen ihm in künft'gen Jahren
Heil und Segen widerfahren."

Niemand ist ohne Sünde

Johannes 8,2–11

Weil sie beim Ehebruch ertappt,
hat man eine Frau geschnappt
und zu Jesus hingebracht,
um zu seh'n, was er wohl macht.

Die Täterin darf nicht mehr leben.
So war's vom Recht her vorgegeben.
Als Strafe fordert das Gebot,
sie zu stein'gen, bis sie tot.

Als sie die Frau zu ihm geführt,
tat Jesus erst ganz ungerührt.
Dann sagte er, wer völlig frei
von eigner Schuld und Sünde sei,
der solle jetzt der Erste sein,
der ergreife einen Stein.

Doch plötzlich wollte keiner mehr.
Auf einmal war der Platz ganz leer.
Denn es hat niemanden gegeben,
der von Sünden frei im Leben.

Zur Frau sprach Jesus: „Deine Sünde
wiegt zwar schwer, jedoch ich finde,
wenn du zu deinem Fehler stehst
und ihn nicht noch einmal begehst,
dann bleibt die Strafe dir erspart."

Worauf die Frau gegangen ward.

Steuern zahlen?

Lukas 20,20–26 · vgl. Matthäus 22,15–22; Markus 12,13–17

Jesus wurde einst gefragt,
was er denn zur Steuer sagt.
Ob's recht sei, diese zu erheben.

Die Leute hatten das Bestreben
zu hören, dass, wie Jesus dachte,
er die Gesetze nicht beachte.

Denn wer sich nicht an diese hält,
wird sofort vor Gericht gestellt.

Jesus ahnte ihre List
und sprach: „Ich denke, dass ihr wisst,
wessen Bild und Namen man
auf einer Münze finden kann."

Natürlich war es ihnen klar,
wer hier abgebildet war:
„Des Kaisers Kopf die Münze ziert.
Denn er ist's der das Land regiert."

„Dann", sprach Jesus, „soll's so bleiben.
Der Kaiser darf sein Geld eintreiben.
Wenn ihr Steuern zahlt, ist's recht,
weil ihr sonst die Gesetze brecht.

Doch sollt stets ihr auch bedenken,
Gott im Alltag das zu schenken,
was er zu Recht von euch verlangt.
Gott will von euch, dass ihr ihm dankt
für alles, was er euch gegeben.
Gott schenkt uns allen unser Leben.
Gestalten wir's zum Wohl der Welt!
Dazu brauchen wir kein Geld.

Genug für alle

Markus 8,1–9 · vgl. Matthäus 15,32–39

Viel' Tausend Menschen, groß und klein,
wollten Jesus nahe sein.
Sie wollten hören, was er sage.
Sie blieben lang. Drei ganze Tage.

Jesus dachte unterdessen:
„Die Leute brauchen was zu essen.
Sonst lassen ihre Kräfte nach.
Sie werden müde, werden schwach."

Drum wies er seine Jünger an:
„Gehet hin zu jedermann.
Gebt allen, die hier hungrig hocken
von euren Broten ein paar Brocken."

„Das wird nicht so einfach sein",
wandten seine Jünger ein.
„Von unserm Vorrat sind nur sieben
Brote uns zurückgeblieben.
Von den Fischen sind's noch zwei.
Mehr haben wir nicht mehr dabei.
Um für uns Nachschub einzukaufen,
müssten wir wohl lange laufen.
Der nächste Markt ist ziemlich weit.
Dorthin zu gehen kostet Zeit."

Jesus sprach: „Ihr müsst nicht gehen.
Glaubt mir nur. Ihr werdet's sehen."
Drauf sprach er ein Gebet zu Gott
und sagte: „Nun verteilt das Brot
und auch die Fische obendrein.
Es wird genug für alle sein."

Nachdem die Jünger das gemacht
und am End' zurückgebracht
die Brocken, die sie aufgelesen,
sind's sieben Körbe voll gewesen.

Und alle Leute wurden satt,
weil jeder sich geteilet hat,
was ihm in die Hand gegeben
mit dem Nachbarn dicht daneben.

Die Menschen waren hocherfreut,
denn sie alle hatten heut'
nicht nur Jesu Wort' empfangen.
Nein, sie sind nach Haus gegangen
tief bewegt und sehr gerührt.
Jesus hat ihr Herz berührt.
Sie alle hatten selbst gesehen,
wie ein Wunder ward geschehen.

Gott vertrauen wie ein Kind

Markus 10,13–16 · vgl. Matthäus 19,13–15; Lukas 18,15–17

Zu Jesus Eltern sind gekommen,
die ihre Kinder mitgenommen,
dass er als Zeichen für den Segen
ihnen würd' die Händ' auflegen.

Die Jünger waren ganz empört.
„Geht weg! Seht ihr nicht, dass ihr stört?"

Doch Jesus wurde ungehalten.
„Ich will die Kinder hier behalten.
Nur Menschen können Gott versteh'n,
die ihn wie kleine Kinder seh'n.
Sie haben nicht, wie viele Alte,
Gott gegenüber Vorbehalte,
sondern leben im Vertrauen,
Gott werde immer auf sie schauen.
Wer so fest glaubt, darf darauf hoffen,
dass ihm Gottes Reich steht offen."

Dann sprach Jesus einen Segen.
„Gott wird euch auf allen Wegen
begleiten und euch nahe sein.
Er liebt euch, lässt euch nie allein.
Er schaut auf euch zu jeder Zeit,
denn er will, dass ihr glücklich seid."

Was wirklich zählt

Markus 12,28–34 · vgl. Matthäus 22,35–40; Lukas 10,25–28

Ein Gelehrter, der versiert
in der Schrift, die er studiert,
wollte gern von Jesus wissen,
was wir zuerst beachten müssen.

Jesus sprach, als Erstes zähle,
dass man Gott von ganzer Seele
und mit allen Kräften liebt
als den einz'gen, den es gibt.

Daneben gilt's, stets zu bedenken,
dem Nächsten Herzlichkeit zu schenken
und derart mit ihm umzugehen,
als würd' sich's um mich selber drehen.

Wer sich an diese Regeln hält,
tut, was vor Gott am meisten zählt.

Der Gelehrte, der gefragt,
ist mit dem, was Jesus sagt,
zufrieden und stimmt freudig ein:
„So seh' ich's auch. So soll es sein."

„Wer so wie du", sagt Jesus, „spricht,
ist fern vom Reiche Gottes nicht."

Der letzte Groschen

Markus 12,41–44 · vgl. Lukas 21,1–4

Im Tempel eine Witwe kam
an den Opferstock und nahm,
wie's üblich war im Gotteshaus,
aus ihrer Börse Geld heraus,
um's als Spende einzulegen.
Anderen zum Wohl und Segen.

Darauf sprach Jesus: „Seht euch an,
was diese Witwe hat getan.
Für einen, dem's an Geld nicht fehlt,
wär's ein Opfer, das kaum zählt.
Sie aber hat nicht viel zum Leben,
doch ist's ihr wichtig, was zu geben.
Wirklich reich ein Mensch nur ist,
wenn er den Nächsten nicht vergisst."

Stille Hilfe

Matthäus 6,1–4

Wenn ein Mensch in Not geraten,
soll man ihm mit guten Taten
oder Geld zur Seite stehen.
Doch das sollte niemand sehen.

Wer einem andren etwas schenkt
und dabei an sich selbst nur denkt,
dass er seinen Ruhm vermehre,
der verdienet keine Ehre.

Wer jedoch für sich behält
und keinem anderen erzählt,
was er an Gutem hat getan,
den sieht Gott sehr freundlich an.

Drum, so lautet Gottes Wille:
„Wenn du hilfst, hilf in der Stille!"

Selig seid ihr

Matthäus 5,1–12 · vgl. Lukas 6,20–23

Weil er dort besser war zu sehen
und obendrein gut zu verstehen,
hat auf einem Berg – hoch oben –
Jesus seine Stimm' erhoben
und sich dem Volk, das unten stand,
mit einer Predigt zugewandt.

Als Erstes sagte er: „Habt Mut!
Gott meint es mit euch allen gut.

Steht ihr vor Gott mit leeren Händen,
könnt ihr euch trotzdem an ihn wenden.
Für Gott sind alle Menschen gleich.
Ihr seid nah dem Himmelreich.

Wenn ihr tragen müsst viel Leid,
will Gott, dass ihr getröstet seid.

Allen, die auf Sanftmut bauen,
wird Gott die Erde anvertrauen.

Wer hungert nach Gerechtigkeit,
der wird satt zur rechten Zeit.

Die barmherzig sich verhalten,
soll'n selbst Barmherzigkeit erhalten.

Die von reinem Herzen sind,
sehen Gott so wie ein Kind.

Die auf der Erde Frieden schaffen
mit guten Worten, nicht mit Waffen,
die begleite und behüte
Gott wie ein Vater voller Güte.

Wer verfolgt wird und gehetzt,
weil er sich dafür eingesetzt,
dass überall auf dieser Welt
gerechtes Handeln Einzug hält,
dem hält Gott, wenn's an der Zeit,
im Himmel einen Platz bereit.

Wenn Leute, weil ihr mir vertraut,
euch Böses antun oder laut
beschimpfen und auch reichlich Spott
mit euch treiben, dann wird Gott
euch einst im Himmel reich beschenken.
Daran sollt ihr immer denken.

Selig wird man alle nennen,
die Gottes Sohn in mir erkennen."

Vom Salzsein und vom Lichtsein

Matthäus 5,13–16

Es kann, wer Gott vertraut, auf Erden
wie das Salz sehr wertvoll werden.
Salz lässt das Essen gut gelingen
und kann Eis zum Schmelzen bringen.
Wenn's aber – kraftlos – nichts verrichtet,
wird's weggeworfen und vernichtet.

Ein Mensch, der fest an Gott sich hält,
ist wie ein Licht für diese Welt.
Wie eine Stadt, zu der man schaut,
wenn hoch sie auf dem Berg gebaut,
so strahlt ein frommer Mensch im Haus
Helligkeit für alle aus.

„Drum“, sagt Jesus, „scheut euch nicht!
Seid wie Salz und seid wie Licht!
Ihr könnt der Welt mit eurem Leben
ein wunderbares Beispiel geben,
wie mit Gottes Hilfe man
auf Erden viel bewirken kann.
Alle, die euch so erleben,
werden Gott die Ehre geben.“

Freund und Feind

Matthäus 5,43–48 · vgl. Lukas 6,27–35

Jesus spricht: „Du hast gehört.
dass es keinen weiter stört,
wenn einer seinen Feind verachtet.
Es zählt nur, dass man darauf achtet,
dass man dem Menschen Liebe zeigt,
der einem freundlich zugeneigt.

Doch ist auch der, von dem im Streit
ihr euch getrennt habt und entzweit,
ein Gotteskind genau wie du.
Reich ihm die Hand, geh auf ihn zu!
Schließ ihn auch ins Gebet mit ein.

Gott wird allen gnädig sein.
Denen, die ihm Freude machen,
und denen, die bei vielen Sachen
ihm zum Kummer Anlass geben.
Allen schenkte Gott das Leben.

Nur wer die Menschen angenommen
wie Gott, der ist vollkommen."

Von fremden und von eigenen Fehlern

Matthäus 7,1–5

Oft gibt genau man darauf acht,
ob ein andrer Fehler macht.
Man sagt: „So was tut man nicht“,
und hält über ihn Gericht.

Schnell kann ins Gegenteil sich wenden
der Vorwurf – und dann böse enden.

Fehler, die wir leicht erkennen
bei andren und auch so benennen,
sind oft nur kleine Bagatellen.
Was wir dagegen selbst anstellen,
ist oft weit schlimmer, doch wir sehen
nicht, was durch unsre Schuld geschehen.
Stattdessen reden wir es klein.
„So schlimm wird's nicht gewesen sein.“

Es ist, als würd', kaum zu entdecken,
im Aug' ein kleiner Splitter stecken
des, den wir mit viel Strenge richten.
Darauf sollten wir verzichten.
Denn oft ist *unser* Aug durchstoßen
von einem Balken, einem großen.
Den müssen, wenn wir ehrlich sind,
wir herauszieh'n ganz geschwind.

Solang' wir diesen nicht vernichten,
ist es uns erlaubt mitnichten,
bei anderen von Schuld zu sprechen
und über sie den Stab zu brechen.

Ein festes Fundament

Matthäus 7,24–29

Steht ein Haus auf Fels und Stein
kann der drin wohnt sich sicher sein:
Es wird sich auch bei stärkstem Regen
nicht von seinem Platz bewegen.

So geht's auch dem, der Jesus kennt.
Sein Wort ist wie ein Fundament,
auf dem man fest und sicher steht,
selbst wenn ein schlimmer Sturmwind weht.
Wer Jesus hört und ihm vertraut,
der hat nicht auf Sand gebaut.

Wer freilich nicht nach Jesus fragt
und nicht tun will, was er sagt,
stattdessen seinen eignen Plan
stur verfolgt, ist wie ein Mann,
dessen Haus bei Sturm nicht hält
und in sich zusammenfällt.

Aus Kleinem wird Großes

Matthäus 13,31–32 · vgl. Markus 4,30–32; Lukas 13,18–21

Jesus hat einmal erzählt,
wie ein Mensch sein Feld bestellt.
Er legt ein Senfkorn in die Erde,
auf dass daraus ein Baum dann werde,
in dessen Zweigen Vögel wohnen.

So wird Gott dereinst belohnen,
die mit Sorgfalt Kleines pflegen
und vertrau'n auf Gottes Segen.
So kann Großes bald entstehen.
Versucht es nur. Ihr werdet's sehen.

Glaube trägt

Matthäus 14,22–33 · vgl. Markus 6,45–52; Johannes 6,15–21

Die Jünger fühlten sich bedroht,
als sie – allein in einem Boot –
von hohen Wellen war'n umgeben.
Sie fürchteten schon um ihr Leben.

Als Jesus, der am Ufer stand,
von ferne die Gefahr erkannt
hat, ging er, ohne einzusinken
und am Ende zu ertrinken,
zu den Jüngern. Übers Meer.
Darauf erschraken diese sehr.

„Wer ist's, der übers Wasser wandelt?
Ob sich's um ein Gespenst wohl handelt?"

„*Ich* bin's", spricht Jesus, „seht ihr's nicht?
Vertraut mir und habt Zuversicht!"

„Wird auch mich das Wasser tragen?",
fragt Petrus. „Ich würd's gerne wagen."

„Komm her", ruft Jesus, „du wirst sehen:
Wenn du nur glaubst, kann nichts geschehen."
Er versucht's. Und es gelingt.
Bis ein Wind kommt. Und er sinkt.

„Dein Glaube ist nicht stark genug,
weshalb das Wasser dich nicht trug.
Wer zweifelt, der wird untergehen“,
sagt Jesus. „Nur ein Mensch wird stehen
auf einem festen Fundament,
der sich treu zu Gott bekennt.“

Die Jünger sagten – tief berührt –
zu Jesus: „Dir allein gebührt
unser aller Lob und Preis,
denn von nun an jeder weiß:
Du bist wahrhaftig Gottes Kind.“

Darauf legte sich der Wind.

Siebenmal ist nicht genug

Matthäus 18,21–35

„Hat man mir Schaden zugefügt,
sag mir, ob es dann genügt,
wenn ich siebenmal vergebe
und ob ich damit dann so lebe,
wie es unserm Gott gefällt."

Diese Frage ward gestellt
von Petrus, der darauf bedacht,
dass er alles richtig macht
als einer, der mit seinem Leben
sich in Gottes Hand begeben.

„Siebzigmal und noch mal sieben",
sagt Jesus und hat's gleich beschrieben
mit einem Bild, das deutlich macht,
was er sich dabei gedacht.

Ein Knecht beim König hatte Schulden.
Er sprach: „Kannst du dich noch gedulden?
Wenn ich jetzt dir mein Geld muss geben,
hab' ich nicht genug zum Leben.
Ich bitte dich, lass mir noch Zeit."

Der König war dazu bereit.
Ja mehr noch: Er erließ dem Knecht
seine Schulden. Dem war's recht.

Nun traf der Knecht vor dem Palast
einen andern Knecht. „Du hast",
so sprach er, „... du erinnerst dich,

vor ein'ger Zeit gebeten mich
um etwas Geld; und ich hab's dir
gegeben, doch nun gib es mir
sogleich zurück. Denn tust du's nicht,
so bringe ich dich vor Gericht."

Der Schuldner sprach: „Hab doch Geduld!
Ich begleiche meine Schuld.
Doch muss ich dir das Geld *jetzt* geben,
hab' ich nicht genug zum Leben."

Der Erste ließ sich nicht erweichen.
„Du musst die Schuld sofort begleichen."

Als der König nun erfuhr,
dass ausgerechnet der so stur,
dem er die ganze Schuld erlassen,
konnte er es gar nicht fassen.

„Ich habe gnädig dich verschont
und dich überreicht belohnt.
Du aber forderst ein dein Recht.
Was bist du für ein böser Knecht?
Hättst du Erbarmen nur geübt!
Stattdessen hast du mich betrübt.
Du hast viel Geld von mir bekommen.
Jetzt wird's dir wieder weggenommen."

Jesus sprach: „Wie dieser König
ist auch Gott von Herzen gnädig.
Er vergibt uns jederzeit.
Doch will er, dass auch wir bereit
sind, andern zu vergeben.
Dann können wir in Frieden leben."

Für Geld bekommt man nicht alles

Matthäus 19,16–26 · vgl. Markus 10,17–27; Lukas 18,18–27

„Ich möchte gerne ewig leben.
Sag', was muss ich dafür geben?
Ich könnte Gutes tun vielleicht.
Sag' mir, was; und ob das reicht."

So wurde Jesus irgendwann
gefragt von einem jungen Mann,
dem's nicht an Geld gemangelt hat.

Jesus gab ihm diesen Rat:
„Gib auf die Gebote acht,
die Mose uns von Gott gebracht!
Du sollst nicht stehlen, sollst nicht lügen,
nicht ehebrechen, nicht betrügen,
die Eltern bis ins Alter achten
und niemand nach dem Leben trachten,
gerne an den Nächsten denken
und ihm dieselbe Liebe schenken,
die dir auch für dich selber wichtig.
Halt' dich daran. Dann machst du's richtig."

„Das tu ich", sprach der junge Mann.
„Doch scheint mir, dass ich mehr tun kann."

„Verkauf'", sprach Jesus, „was dein Eigen.
Dann könntest du Erbarmen zeigen,
indem du armen Menschen schenkst,
woran du jetzt dein Herz noch hängst.
Gott wär' darüber sehr erfreut."

Der junge Mann hat bald bereut,
dass er die Frage hat gestellt;
denn er hatte sehr viel Geld.
Traurig ist er fortgelaufen.

„Man kann für Geld nicht alles kaufen“,
sprach Jesus und dass sicher eher
ein Kamel, das groß und schwer,
durch ein Nadelöhr sich zwänge,
als dass Reichen es gelänge,
die um ihr Hab und Gut stets bangen,
das ew'ge Leben zu erlangen.

Die Jünger, als sie dies gehört,
waren alle recht verstört.
„Wie kann dann ein Mensch auf Erden
überhaupt noch selig werden?“

„Für Menschen wird's nicht möglich sein“,
sprach Jesus. „Aber Gott allein
wird alle, die an ihn stets denken,
mit Glück und Seligkeit beschenken.“

Was ist gerecht?

Matthäus 20,1–16

Ein Herr, der nahe bei der Stadt
einen großen Weinberg hat,
spricht, weil er Arbeit bieten kann,
am Marktplatz Tagelöhner an.
Als Lohn, vereinbart er mit ihnen,
kann jeder sich dabei verdienen
einen Groschen Silbergeld,
was er für angemessen hält.

Drei Stunden später geht der Mann
erneut zum Marktplatz, wo er dann
die nächsten sieht, die müßig stehen.
„Wollt ihr in meinen Weinberg gehen?
Wie es richtig ist, erhält
ein jeder für die Arbeit Geld."

Auch nach weiteren drei Stunden
geht der Herr, um zu erkunden,
ob er weit're Männer find',
die noch ohne Arbeit sind.

Selbst als zur neunten Stund' er geht,
zu schau'n ob da noch jemand steht,
den er für sich gewinnen kann,
trifft er ein paar Leute an.

Zum letzten Mal an diesem Tage
stellt er zur elften Stund' die Frage,
ob die Männer, die dort stehen,
in seinen Weinberg wollen gehen.

Der Tag ist um. Nun wird es Zeit
zu bezahlen jene Leut',
die alle Arbeit angenommen.

Die letzten sind zuerst gekommen.
Und sie erhalten, welch ein Glück,
jedermann ein Silberstück.

Als letzte kriegen ihre Lohn
die Männer, die am Morgen schon
ihre Arbeit aufgenommen.
Doch siehe da, auch sie bekommen
nur den Groschen ausgehändigt,
auf den sie morgens sich verständigt.

Sie dachten, sie bekämen mehr.
Deshalb murrten sie nun sehr.
„Wir fingen in der Früh schon an
und haben doch viel mehr getan
als die, die für dasselbe Geld
erst sehr viel später angestellt."

Der Herr des Weinbergs widerspricht:
„Was ihr sagt, das stimmt so nicht.
Ihr habt, so wie es abgemacht,
den Tag im Weinberg zugebracht;
dafür habt ihr angenommen
mein Angebot und das bekommen,
was ich euch habe zugesagt.
So weiß ich nicht, warum ihr klagt.
Was ich getan hab', das war recht.
Mich ärgert's, wenn ihr andres sprecht.

Kann ich nicht mit meinem Geld
umgeh'n wie es mir gefällt?
Schaut darum nicht so böse drein.
Ich will doch nur gütig sein."

Vom anvertrauten Geld

Matthäus 25,14–30 · vgl. Lukas 19,12–27

Ein Mensch, der außer Landes musste,
bei seinem Geld nicht so recht wusste,
wie er damit verfahren sollte,
weil er's vermehrt gern haben wollte.

„Ich werd's den Knechten anvertrauen.
Wenn ich zurück bin, werd' ich schauen,
wie sie sich haben angestellt."

Der erste Knecht ward' gleich bestellt.
„Fünf Zentner Silber geb' ich dir.
Ich bitte dich: Sorg' gut dafür!"

Zwei Zentner dann bekommt der zweite.
„Ich bitte dich, mein Knecht, bereite
mir keinen Kummer mit dem Geld."

Der Dritte einen nur erhält.
„Pass gut drauf auf, dass ja nichts fehle,
wenn ich zurück bin und es zähle."

Der fünf Zentner hat empfangen,
hat mit Erfolg gleich angefangen
zu handeln – und aus fünf ward zehn.

Das Gleiche ist bei dem gescheh'n,
der am Anfang zwei bekommen.
Er hat dasselbe eingenommen.
Da waren's dann am Ende vier.

Der Dritte, der tat nichts dafür,
dass das Geld verdoppelt werde.
Er grub ein Loch tief in die Erde.
Dort hat das Silber er versteckt,
damit kein Fremder es entdeckt.

Als der Herr zurück im Land,
war er natürlich sehr gespannt,
wie's nun stünde um sein Geld.

Die Knechte, rasch herbeibestellt,
sollten ihrem Herrn erklären,
wie sie vorgegangen wären.

„Fünf Zentner waren's zu Beginn.
Zehn sind's jetzt mit dem Gewinn",
sprach zunächst der erste Knecht.
Der Herr war froh. Das war ihm recht.

Der zweite sprach in gleicher Weise.
„Zwei Zentner warn's vor deiner Reise.
Die gabst du voll Vertrauen mir.
Ich hab's verdoppelt. Jetzt sind's vier."

Der Herr sprach: „Ihr habt mit Bedacht
eure Sache gut gemacht.
Im Kleinen konnt' ich auf euch bauen.
Drum will ich künftig euch vertrauen,
auch wenn es geht um noch viel mehr.
Dass ich euch habe, freut mich sehr."

„Ich hab's anders, Herr, gemacht.
Ich hab' in Sicherheit gebracht
dein Geld, damit am Ende keiner käme
und es einfach an sich nähme.
Du hast zwar nichts dazugewonnen,
doch es ist auch nicht zerronnen."

So sprach der dritte Knecht zum Herrn.
Der hörte dieses gar nicht gern.
„Wie faul du bist! Hast nichts gemacht.
Hättst zu den Wechslern du gebracht
mein Geld, so hätt' ich zum Betrag
zumindest einen Zinsertrag."

Zur Straf' das Geld ward ihm genommen.
Dafür hat es der bekommen,
dem schon zehn Zentner war'n zu eigen.

Der Herr wollt' allen damit zeigen:
Wer schon hat, dem wird gegeben.
So ungerecht ist oft das Leben.

Eine Hochzeit

Johannes 2,1–11

In Kana, so wird es berichtet,
ward eine Hochzeit ausgerichtet.
Unter allen Gästen war
auch Jesus mit der Jüngerschar.
Selbst Jesu Mutter war gekommen
und hat am Fest mit teilgenommen.

Man aß gar viel und trank noch mehr
und plötzlich war'n die Krüge leer.
Der Wein war aufgebraucht. Und nun?
Man musste dringend etwas tun.

Von seiner Mutter arg bedrängt
sagte Jesus schließlich: „Schenkt
doch Wasser in die Krüge ein."
Sie taten's und es wurde Wein.

Die Überraschung war gar groß.
Der Wein, er schmeckte ganz famos.

Die Gäste konnten's nicht versteh'n.
„Wie kann so etwas gescheh'n,
dass jemand Wasser so behandelt,
dass es sich in Wein verwandelt?"

Die Jünger haben sich gedacht:
„Nur einer hat dazu die Macht,
nur einem, Jesus, kann's gelingen,
so ein Wunder zu vollbringen."

Dieses Zeichen zu erleben
hat ihrem Glauben Kraft gegeben.

Heilsamer Glaube

Johannes 4,46–53 · vgl. Matthäus 8,5–13; Lukas 7,1–10

In Galiläa kam ein Mann
zu Jesus und er sprach ihn an,
er sei in allergrößter Not.
Sein Sohn sei krank und nah dem Tod.
Jesus möge sich beeilen
und zu ihm gehen, ihn zu heilen.

„Geh heim, dein Sohn ist schon gesund“,
sprach Jesus, und zur gleichen Stund’
lief der Mann – so schnell er konnte –
zu dem Haus, in dem er wohnte.

Unterwegs erfuhr er’s schon
von seinen Knechten: „Herr, dein Sohn
ist ohne Fieber. Gott sei Dank!
Seit heute ist er nicht mehr krank.“

Fortan wusste dieser Mann,
wie sehr der Glaube helfen kann.
Wenn groß die Not und schlimm das Leid –
Gott ist da. Zu jeder Zeit.

Aufruhr im Tempel

Johannes 2,13–25 · vgl. Matthäus 21,12–17; Markus 11,15–19; Lukas 19,45–48

Jesus hatte, um zu beten,
den Tempel in der Stadt betreten.
Doch was bekam er zu Gesicht?
Er traute seinen Augen nicht.
Wo sonst zur Andacht man verweilt,
waren Tische jetzt verteilt.
Dahinter Leute mit dem Ziel,
zu verkaufen möglichst viel
von ihren Rindern, Schafen, Tauben.
Wer's selbst nicht sah, der konnt's nicht glauben.

„Dieses ist ein Gotteshaus",
rief Jesus und trieb sie hinaus
mit einer Peitsche in der Hand,
die er sich aus Seilen band.
Er warf die Tische auf die Seite
und schüttete das Geld der Leute
auf die Erde. Wutentbrannt.
So hat man Jesus nicht gekannt.

Die Menschen, die danebenstanden,
fragten Jesus, denn sie fanden,
dass, was er tat, nicht rechtens sei:
„Was findest du denn nur dabei,
wenn wir im Tempel Handel treiben?
Schick uns nicht weg! Lass uns hierbleiben!

Wenn du meinst, wir müssten weichen,
dann gib uns ein klares Zeichen,
dass du das Recht hast zu verwehren
uns, was wir hier zu tun begehren."

Darauf sie hörten Jesus sagen:
„Brecht ab den Tempel. Nach drei Tagen
habe ich, was ihr vernichtet,
von Neuem wieder aufgerichtet."

„Wie soll das geh'n?" Sie war'n verwirrt.
„Jesus hat sich wohl geirrt.
Es dauerte fast fünfzig Jahr',
bis einst der Bau vollendet war."

Was Wunder! Denn sie mussten meinen,
Jesus spricht vom Haus aus Steinen.
Doch meinte er es anders, da
sich Jesus selbst als Tempel sah.

Erst später, als er auferstanden,
hat man dieses Bild verstanden
und auf einmal neu gesehen,
was an diesem Tag geschehen.

Jesus kommt nach Jerusalem

Lukas 19,28–38 · vgl. Matthäus 21,1–11; Markus 11,1–10; Johannes 12,12–19

Jerusalem war schon zu sehen.
„Lasst uns nun zum Ölberg gehen“,
sagte Jesus. Und von dort
schickte er zwei Jünger fort
in ein Dorf nah bei der Stadt.
„Ihr werdet's seh'n sogleich: Man hat
dort einen Esel angebunden,
ein Junges, ihr habt's bald gefunden.
Bindet's los und bringt's zu mir.
Und wenn euch jemand fragt, sagt ihr:
Nein, wir haben's nicht gestohlen.
Wir soll'n das Tier für Jesus holen.“

So geschah's. Die Jünger machten,
was sie sollten, und sie brachten
das Tier zu Jesus, der's genommen,
um damit in die Stadt zu kommen.

Als nun die Menge in der Stadt
Jesus kommen sehen hat,
liefen sie ihm rasch entgegen,
verteilten Kleider auf den Wegen
und winkten ihm mit Palmenzweigen,
um ihm damit anzuzeigen,
wie viel Ehr' sie ihm erweisen.
Und sie begannen, laut zu preisen
und mit „Hosianna“ Gott zu loben,
den Herrn der Welt im Himmel droben.

Das Abendmahl

Lukas 22,7–23

Jesus lud die Jünger ein.
„Ich will mit euch zusammen sein.
Wir treffen uns im großen Saal
und halten dort das Abendmahl.
Es wird zum letzten Mal geschehen.
Denn ich werde von euch gehen.
Wie wir trinken, wie wir essen,
sollt ihr niemals mehr vergessen;
sollt den Brauch auch weitergeben
an alle, die erst nach euch leben."

Im Raum war's still und keiner wagte
sich zur rühr'n, bis Jesus sagte:

„Lass uns danken unserm Gott
für den Wein und für das Brot.

Das Brot, das wir einander reichen,
sei für euch alle stets das Zeichen,
dass ich in eurer Mitte bleib.
Nehmt hin und esst. Das ist mein Leib.

Der Kelch, den wir uns weitergeben,
sei für euch ein Bild fürs Leben.
Der Wein, er mache euch stets Mut.
Nehmt hin und trinkt. Das ist mein Blut."

Jesus wird verurteilt

Lukas 23,1–5.13–25

Von Leuten vor Gericht gebracht,
die ihm das Leben schwer gemacht,
wurde Jesus angeklagt,
er hätte wiederholt gewagt,
Gottes Wort zu widersprechen.
Dieses wäre ein Verbrechen.

Für jene, die in Glaubensfragen,
was zu beachten ist, stets sagen,
dass keine Fehler man begeht
und keine Sünden auf sich lädt,
galt's, um den Frieden nicht zu stören,
stets ohne Widerwort zu hören,
was man aus Gottes Mund vernommen,
um je ins Himmelreich zu kommen.

Pilatus, der den Vorsitz hatte
vor Gericht und die Debatte
zu einem Ende führen sollte,
von Jesus selber wissen wollte:

„Die Leute reden und es heißt,
dass du der Juden König seist.
Stimmt's oder ist es ein Gerücht?
Sag' es mir und lüge nicht!"

„So ist's", sprach Jesus. „Ja, Gott hat
mich erwählt an Kindes statt."

„Ich sehe keine Schuld dabei“,
sprach Pilatus. „Du bist frei.“

Die Hohepriester war’n empört.
„Nein, Pilatus, Jesus stört.
Er verbreitet Spott und Hetze
gegen unsere Gesetze.
Die Leute glauben ihm und bald
gibt’s Proteste und Gewalt.“

„Wenn das stimmt, was ihr da sprecht,
dann will ich ihn nach unserm Recht
bestrafen, wie es vorgesehen:
mit Züchtigung. Dann darf er gehen.
Ihn härter zu bestrafen wär’
nicht angemessen und nicht fair.“

Aufgewiegelt trieb die Menge
den Pilatus in die Enge.
Laut forderten sie mit Geschrei:
Gib lieber einen andren frei!
Jesus darfst du nicht verschonen
und ihn am Ende noch belohnen
für seine Gotteslästerung.
Ihm gebührt die Kreuzigung.“

Sie wollten keine Ruhe geben.
Drum ließ Pilatus den am Leben,
dem, weil er einen umgebracht,
die größ’re Strafe zugedacht.
Barabas, der viel verbrochen,
wurde schließlich freigesprochen.

Pilatus sprach: „Ich kann nichts tun.
Ihr wollt es – und so sei es nun.
Doch“, sagte er am Ende,
„ich wasch' in Unschuld meine Hände.“

Dann wurde Jesus festgenommen,
um in Gefangenschaft zu kommen.

Jesus stirbt am Kreuz

Lukas 23,32–49

Sie führten Jesus an den Ort
mit Namen Golgatha, um dort
die Strafe, die ihm angedroht,
rasch zu vollzieh'n: den Kreuzestod.

Daneben wurden, wird berichtet,
zwei Übeltäter hingerichtet.

Die Soldaten unterdessen,
die um das Kreuz herum gesessen,
warfen Lose, um mit Glück
vielleicht für sich ein Kleidungsstück,
das man Jesus abgenommen,
als Gewinn dann zu bekommen.

Das Volk tat nichts, stand da und sah
mit Sensationslust, was geschah.

Die Oberen, sie trieben Spott:
„Sag an, wo ist denn nun dein Gott?
Lässt er am Kreuz dich ganz allein?
Er könnte dich doch leicht befrei'n.
Oder will's ihm nicht gelingen,
dich in Sicherheit zu bringen?"

Dann wurde, um der Welt zu sagen,
warum er ward ans Kreuz geschlagen,
ein Schild gemacht, auf dem zu lesen,
Jesus sei der Mann gewesen,
der „Judenkönig" sich genannt.
So etwas galt als Widerstand.
Diesen Anspruch zu erheben
kostete ihn nun das Leben.

Der eine von den andern beiden,
die auch den Kreuzestod erleiden,
sagt' zu Jesus voller Hohn:
„Du bist doch der Gottessohn.
Hilf uns! Warum zögerst du?
Hast du nicht die Macht dazu?"

Der andre flehte Jesus an.
„Es war nicht recht, was ich getan.
Ich hab' verursacht großen Schaden
und so viel Schuld auf mich geladen.
Drum, Jesus, bitt' ich dich sogleich:
Denk an mich in deinem Reich!"

Als Jesus seine Reue sah,
sprach er: „Das Paradies ist nah.
Es wird heute noch geschehen,
dass wir es *beide* werden sehen.“

Als der Sonnenschein verblasste
und Finsternis das Land erfasste
und, als wenn's ein Zeichen sei,
der Tempelvorhang riss entzwei,
spürte Jesus schon das Ende
und sprach: „Gott, in deine Hände,
will ich meinen Geist nun legen.
Ich bitte dich um deinen Segen.“

Jesus starb. Und ein Soldat,
der das mit angesehen hat,
fiel auf die Knie und sagte dann:
„Das war ein gerechter Mann.
Von Gott in diese Welt gesandt.
Doch wir haben's nicht erkannt.“

Ein unerwarteter Begleiter

Lukas 24,13–35

Von Jerusalem weit fort
nach Emmaus, so heißt der Ort,
zwei Jünger Jesu sind gegangen.
Sie waren beide noch gefangen
in Gedanken vom Geschehen,
das sie auf Golgatha gesehen.

Plötzlich zwischen ihnen stand
ein Mann, der ihnen unbekannt,
und sprach sie an: „Was ist geschehen?
Euch geht's nicht gut. Das kann ich sehen."

Die Jünger waren irritiert.
„Bist du denn gar nicht informiert
und weißt nicht, was in diesen Tagen
sich in der Stadt hat zugetragen?"

Und sie erzählten die Geschicht'
von Jesus, welchen ein Gericht
verurteilt hat, sein Kreuz zu tragen
nach Golgatha, wo vor drei Tagen
er dann wurde hingerichtet.
Und Frauen hätten jetzt berichtet,
dass sie, als sie am Grabe standen,
Jesus nicht darinnen fanden.
Stattdessen es die Nachricht gebe,
Gott hätt' ihn auferweckt. Er lebe.

Drauf sprach der Fremde: „Ach, ihr beiden!
Ihr wisst doch: Jesus musste leiden,

dass alles in Erfüllung geht,
was in den heil'gen Schriften steht."

Als fortgeschritten schon die Zeit
und Emmaus war nicht mehr weit,
die Jünger sagten zu dem Gast:
„Nachdem du uns begleitet hast
bis hierher, wäre es jetzt schön,
du würdest nicht mehr weitergeh'n,
sondern bleiben, sodass wir
jetzt gemeinsam essen hier."

Als er bei Tisch das Brot dann brach,
dazu ein Dankgebet auch sprach
und, wie sie's oft getan schon haben,
das Brot einander weitergaben,
da ward den Jüngern plötzlich klar,
dass der Fremde Jesus war.
Doch kaum, dass sie's herausgefunden,
ward vor ihnen er verschwunden.

„Hat nicht schon unser Herz gebrannt,
als er sich so gut ausgekannt
und uns die Schriften ausgelegt?
Das hatte uns doch schon bewegt."

Und noch zu derselben Stunde
machten sich mit dieser Kunde,
dass Jesus auferstanden sei,
wieder auf den Weg die zwei.

Alle sollten jetzt erfahren,
dass sie mit ihm zusammen waren
und dass sie sah'n, er ist nicht tot,
als er mit ihnen brach das Brot.

Sehen oder glauben

Johannes 20,24–31

Als Jesus auferstanden war,
ging er zu der Jüngerschar.
Nur der Jünger Thomas fehlte.
Als man ihm danach erzählte,
dass Jesus lebend sei erschienen,
da misstraute Thomas ihnen.

„Das kann nicht sein, was ihr da sprecht.
Ich glaub' es nicht. Das klingt nicht echt.
Wenn Jesus auch zu mir gekommen
und ich in Augenschein genommen
seine Wunden, die mit Macht
man ihm am Kreuz hat beigebracht,
dann will ich's glauben so wie ihr.
Ich wünscht', er käme auch zu mir."

Acht Tage später war's so weit:
Der Auferstand'ne kam erneut.
Und jetzt war Thomas auch dabei.
„Komm", sprach Jesus, „sei so frei!
Sieh mich an, berühre mich!
Ich bin es, überzeuge dich!"

Thomas tat's. „Du bist am Leben.
Ich bitte dich, mir zu vergeben."

Darauf sprach Jesus: „Selig ist,
wer *nicht* sieht und doch gläubig ist."

Christi Himmelfahrt

Lukas 24,50–53 · vgl. Apostelgeschichte 1,1–14

Auferweckt zu neuem Leben
war'n Jesus vierzig Tag' gegeben,
zu bleiben bei der Jüngerschar.

Als die Zeit vorüber war,
gab er ihnen seinen Segen
und sagte: „Geht auf euren Wegen.
Und glaubt mir: Ihr seid nicht allein.
Der Heil'ge Geist wird bei euch sein.
Habt nur Mut und habt Vertrauen.
Gott will mit euch sein Reich erbauen."

Dann war der Augenblick gekommen,
dass er im Himmel aufgenommen.

Die eine Sprache des Glaubens

Apostelgeschichte 2,1–13

Pfingsten war's. Aus fern und nah
waren viele Leute da,
um miteinander Gott zu ehren,
zu beten und sein Wort zu hören.

Auf einmal ward mit großer Macht
rund ums Haus ein Sturm entfacht.
Und drinnen war's den Menschen so,
als brennete es lichterloh
in ihren Herzen – glühend heiß,
als wollte Gott auf diese Weis'
ihnen sagen, dass der Wind
und das Feuer Zeichen sind,
dass für die Menschen auf der Erde
ein Wunder jetzt geschehen werde.

Der Heil'ge Geist erfüllte jeden.
Und schon begannen sie zu reden
in vielen Sprachen, kreuz und quer.
Und alle wunderten sich sehr.

Aus welchen Ländern sie auch kamen,
sie fingen an, in Gottes Namen
sich gegenseitig zu bestärken,
indem sie sich von Gottes Werken
erzählten und – vom Geist getrieben –
im Gebet zusammenblieben.

So fremd sie auch die Sprachen fanden,
im Glauben haben sie verstanden,
was ein jeder sagt und meint.
Gottes Geist hat sie geeint.

Gold und Silber hab' ich nicht

Apostelgeschichte 3,1–10

Petrus und Johannes gehen
in den Tempel, als sie sehen,
wie Leute einen armen Mann,
der allein nicht gehen kann,
vor das Tor des Tempels tragen.

Dort kann er die Menschen fragen,
ob sie mit Geld ihn unterstützen.
Ein bisschen würde ihm schon nützen.

Petrus sieht ihn lange an.
Dann sagt er: „Tut mir leid; ich kann
dir weder Gold noch Silber geben.
Doch ich helfe dir zu leben.
In Jesu Namen: Reiche mir
deine Hand. Ich helfe dir,
aus eig'ner Kraft jetzt aufzustehen
und auf dem Platz umherzugehen."

Er versucht's und es gelingt.
Der Bettler springt umher und singt
und tanzt und lobt von Herzen Gott,
der ihn befreit aus seiner Not.

Die vor dem Tor des Tempels stehen,
können all das kaum verstehen.
Sie kennen diesen kranken Mann
als einen, der nicht laufen kann.
Doch jetzt? Sie können's selber sehen:
Ein großes Wunder ist geschehen.

Gott sei Ehre, Lob und Dank.
Er macht gesund, die einstmals krank.
Wer ihm vertraut, fasst neuen Mut.
Für den, der glaubt, wird alles gut.

Eine überraschende Taufe

Apostelgeschichte 8,26–40

Ein Kämmerer der Königin
von Äthiopien fuhr dahin
in seinem Wagen, wo er saß
und aus dem Buch Jesajas las.

Plötzlich stand, nach Gottes Plan,
Philippus da. Und er hielt an.

Philippus fragte: „Kannst du denn,
was du da liest, auch recht versteh'n?"
Drauf sprach der Kämmerer: „Ich bin
nicht sicher, ob ich wohl den Sinn
des, was ich lese, richtig deute.
Komm! Steig' ein und dann begleite
mich ein Stück des Wegs und dann
hilf' mir, dass ich's verstehen kann."

Philippus stieg nun in den Wagen
des Kämmerers, um dessen Fragen
zu erwidern, dass er sehe,
was in den Heil'gen Schriften stehe.

Beim Propheten fing er an,
um am End' von Jesus dann
ihm eine Predigt vorzutragen.

Da hielt der Kämm'rer an den Wagen
und sprach: „Siehst du das Wasser dort?
Bitte, taufe mich sofort!"

Als sie an die Stelle kamen,
taufte er – in Gottes Namen –
den Kämmerer, der voller Glück
zu seinem Wagen ging zurück.
Und fröhlich und von Herzen heiter
fuhr er seine Straße weiter.

Philippus ward nicht mehr gesehen,
nachdem dies alles war geschehen.

Aus Saulus wird Paulus

Apostelgeschichte 9,1–19

Verfolgung, Willkür oder Tod –
Christen waren stets bedroht.
Denn sie waren nicht bereit,
den Kaiser und die Obrigkeit
höher noch als Gott zu achten,
weswegen viele Menschen dachten,
es könne keinen Frieden geben,
solang' im Lande Christen leben.

Einer, der sehr oft erzählte,
wie viele Christen er schon quälte,
weil seinen Glauben ernst er nahm,
war Saulus, der aus Tarsus kam.

Eines Tages, wohl recht nah
bei Damaskus Saulus sah
vom Himmel her ein grelles Licht,
als plötzlich Jesus zu ihm spricht:
„Saul, o Saul, ich frage dich:
Sag, warum verfolgst du mich?"

Vom Licht geblendet und verstört
von dem, was er grad hat gehört,
ließ, weil er nichts gesehen hat,
sich Saulus führen in die Stadt.

Dort war ein Mann, von Gott gesandt,
der Hananias ward genannt,
der in das Haus des Saulus kam,
dass er ihm seine Blindheit nahm
und unter Auflegung der Hände
er Saulus den Geist Gottes sende.

Saulus war nun wie verwandelt.
Er hatte bisher falsch gehandelt.
Er wechselte sogleich die Seiten;
wollt nun als Christ für Christus streiten.
Ließ sich taufen und nahm dann
den neuen Namen Paulus an.

Er reiste viel. An jedem Ort
predigte er Gottes Wort.
Sprach immer wieder Menschen an,
die er fürs Christentum gewann.
Und erntete er Spott und Hohn,
sagte er: „Es ist mein Lohn,
dass Gott an meiner Seite steht,
ob's gut mir oder schlechter geht."
Er wusste stets – auf allen Wegen:
„Christus ist für mich ein Segen."

Jeder tue, was er kann

Römer 12,3–8

Aus Gottes großer Gnade haben
Menschen ganz bestimmte Gaben.

Einer spricht wie ein Prophet,
ein andrer mahnen zu versteht.
Dieser kann mit Umsicht leiten,
jener Suchende begleiten.
Hier wird ein Amt geschickt verrichtet,
dort wird gelehrt und unterrichtet.
Mal wird Barmherzigkeit geübt,
mal wird getröstet, wer betrübt.

So wie der Leib gut abgestimmt,
weil jedes Glied das übernimmt,
wofür's gemacht und vorgesehen,
so soll's in der Gemeinde gehen:
Wenn alle, was sie haben, geben,
lässt sich's zusammen bestens leben.

Ein Liebeslied

1. Korinther 13,1–9

Wer sich mit allen auf der Welt
und selbst mit Engeln unterhält
in allen Sprachen, die es gibt,
aber andere nicht liebt,
dessen Worte hört man nicht,
ganz egal, wie laut er spricht.

Wer alles weiß und kann den Leuten
prophetisch ihre Zukunft deuten,
wer die Himmelssterne kennt
und alle sie beim Namen nennt
und wessen Glaube so weit reicht,
dass selbst ein Berg vom Platze weicht,
er jedoch nicht lieben kann,
was nützt ihm all sein Können dann?

Wer mit dem der Geld, das er besitzt,
arme Menschen unterstützt
und nicht einmal Gefahren meidet,
selbst wenn er den Tod erleidet,
aber keine Liebe spürt,
dessen Tun zu gar nichts führt.

Wer liebt, der lässt dem andren Zeit,
ist stets gütig und bereit,
vom eignen Standpunkt abzugehen
und nicht im Rampenlicht zu stehen.
Wer liebt, der macht nicht, was er will.

Er gönnt auch andren Menschen viel.
Er vermeidet Zorn und Wut
und meint es mit dem Nächsten gut.

Wer liebt, der freut sich nicht daran,
wenn andren unrecht wird getan.
Herrscht Gerechtigkeit hingegen,
betrachtet er's als einen Segen.
Wer liebt, der setzt – so gut er kann –
sich fleißig ein für jedermann.
Er hat Geduld und kann ertragen,
hilft und stellt nicht viele Fragen.

Mag viel auch enden und vergehen –
die Liebe allzeit bleibt bestehen.

Bibelstellenverzeichnis

(p) = Parallelstelle bei den synoptischen Evangelien

Das Alte Testament

Das Neue Testament